[青少年阅读文库]

家园的故事丛书

在鸟儿不受惊扰的地方

金　涛　孟庆枢　主编

[俄罗斯] 米·普里什文　著

广西科学技术出版社

图书在版编目（CIP）数据

在鸟儿不受惊扰的地方 /（俄罗斯）米·普里什文著；何茂正，冯华英译. —南宁：广西科学技术出版社，2012（2020.6 重印）
（家园的故事丛书 / 金涛，孟庆枢主编）
ISBN 978-7-80666-186-4

Ⅰ. 在… Ⅱ. ①米… ②何… Ⅲ. 短篇小说—作品集—俄罗斯—近代 Ⅳ. I512.44

中国版本图书馆 CIP 数据核字（2012）第 067986 号

作品名称：《在鸟儿不受惊扰的地方》
作　　者：米·普里什文 ©
版权中介：中华版权代理总公司
　　　　　俄罗斯著作权协会

家园的故事丛书
在鸟儿不受惊扰的地方
ZAI NIAO'ER BU SHOU JINGRAO DE DIFANG
金涛　孟庆枢　主编

责任编辑　饶　江　　**封面设计**　龚　捷
责任校对　李文权　　**责任印制**　韦文印

出 版 人　卢培钊
出版发行　广西科学技术出版社
　　　　　（南宁市东葛路 66 号　邮政编码 530023）
印　　刷　永清县晔盛亚胶印有限公司
　　　　　（永清县工业区大良村西部　邮政编码 065600）
开　　本　700mm × 950mm　1/16
印　　张　9
字　　数　92千字
版次印次　2020 年 6 月第 1 版第 4 次
书　　号　ISBN 978-7-80666-186-4
定　　价　20.00 元

序 言

家园，是个闻之令人心驰神往的词。尤其是对于许多少小离家、浪迹天涯的游子，那是一个个具体的、鲜活的、渗透着欢乐与忧伤的画面和镜头。

家园，依我肤浅的理解，是留下先人足迹与血汗的故土，是每个人生命之河的源头，有时，也是多姿多彩的人生之旅中最难忘怀的小驿站。

固然，在每个人的心灵深处，对家园的诠释依人的阅历不同而异彩纷呈。

外婆的澎湖湾、故乡的田间小路、夜色初升时提着小灯笼在田野草丛中嬉戏的萤火虫、童年小伙伴扎猛子学游泳的小池塘、暴风雨中的电光和惊天动地的一声霹雳、天空中排成人字形的雁阵、除夕之夜的鞭炮声、雪花纷飞的冬夜、第一次背着书包踏进课堂的惶惑以及慈母的叹息、情人的热吻、婴儿的啼哭……所有这些刻骨铭心的记忆，无不是家园在我们心头

摄下的影像，随着岁月的流逝反而变得更加清晰。

对于家园的依恋，大约也是人性中无法改变的怀旧情结吧。

不过，对于人类整体而言，不管肤色、民族和国籍有怎样的差异，也不管文明的进化程度和意识形态有怎样的不同，我们都有一个共同的家园，即人类赖以生存的地球。

科学的发现和人类的历史都证明：地球，这颗宇宙中最美的星球是人类诞生的摇篮。地球上的山脉、河流、海洋、湖泊、岛屿、森林、草原、沙漠、田野……不仅为人类世世代代繁衍提供了生存空间，也为人类文明进步和社会发展贡献了源源不断的自然资源。地球上的空气、水和土地，是人类生存不可或缺的基本要素。至于千姿百态的花草树木和种类繁多的鸟兽虫鱼，不仅是人类生存的必需，也是人类的忠实伴侣。

人与地球的关系，从深层次探究，不仅仅限于地球赋予了人类生存发展的物质基础，在长达几万年或更悠长的历史进程中，地球的自然界也构成了人类的精神家园。山川的秀美、沧海的壮阔、日出日落的庄严、寒来暑往的韵美，乃至莺飞草长的无限春光、万物欣荣的繁华盛夏、秋风秋雨的万般愁思、雪压冬云的苍凉寂寞……凡此种种均深深植入人类的精神世界，幻化为艺术的创造、思念的思维、情感的寄托，最终成为人类生存的必要前提。

然而，时至今日，举目四望，人类的家园在风雨飘摇之中。被誉为“地球之肺”的热带雨林，在机器的轰鸣声中成为寸草不生的荒山秃岭，肥沃的土地因失去植被的庇护而水土流

失，变成赤地千里的荒原；千千万万的飞禽走兽被捕杀殆尽，人们只能在博物馆的柜橱里看到它们的遗骸；昔日奔腾的江河已是毒液翻涌，变为死亡之河；一颗颗明珠般的美丽湖泊变得黯然失色，在无奈的悲伤中走向死亡；连浩瀚无垠的海洋也充满毒素，再也无法维持众多水族的生存；至于人类头顶的天空,空气混浊，酸雨霏霏，日渐撕碎的臭氧空洞，正在给人类带来防不胜防的灾祸……

这不是危言耸听。人类的家园到处晌起了告急的警报：春风伴着遮天蔽日的烟尘四处肆虐，无情的滚滚流沙步步逼近繁华的城镇，江河泛滥、洪水滔滔，千里原野变为沼泽，旱魃的魔口在非洲每天吞噬成千上万条生命。至于水资源的匮乏、环境的污染、珍稀物种的灭绝、疾病的蔓延，已经不再是个别的事件了。

人类，也许只有在失去了美好的事物之后才会懂得珍惜。对于正在失去的家园，理智而未丧失良知的人开始奔走呼号，呼吁社会竭尽全力加以爱护，因为越来越多的人开始意识到，一旦人类毁弃了自己赖以立身的家园，最终毁灭的是人类自己。

我们正是怀着如此真诚的心情，选编了这套“家园的故事丛书”，这些体裁不同、风格迥异的作品，虽是出自不同国家的作家之手，然而他们都是以对大自然的关爱，从不同的侧面展示了人类家园的美丽。这里有对弱小生命细致入微的观察，也有对生态环境遭到污染的忧思；有从人与自然的和谐反思人性的偏颇，也有以诗一般的语言唤醒人的良知。总之，这些作品的共同主题是关爱我们人类的家园，倘若读者能从中受到感悟，从我做起，用心珍惜我们周围的一山一水、一草一木，使人与自然和睦相处，使人类的家园免遭厄运，永葆青春，那么我们的努力就达到了预期的目的。

金涛　孟庆枢

于世界地球日

目 录

在山岗上 …………………………………………………… (1)
从彼得堡到波韦涅茨 …………………………………… (5)
森林、水和石头 ………………………………………… (20)
哭丧女 ……………………………………………………… (42)
渔 人 ……………………………………………………… (71)
壮士歌歌手 ………………………………………………… (93)
猎人 …………………………………………………… (114)

在山岗上

片片青苔相连，块块土墩相接。刚趟过湖泊，又遇到水洼。我的靴子渗进了水，就像两只破旧的打气筒，走起路来“吱吱”地响。要从泥泞的沼泽地里拔出靴子来，真不是一件容易的事情。

“等一等我，玛努伊洛，我累了，走不动了。这离树林还远吗？”

“已经不远了，那不就是树林嘛，你从那棵黑松树看过去，看见了吗？就是被雷劈开的那棵黑松树。过了那个地方就到了。”

黑松树挺立在那儿，这棵树不高，还没有玛努伊洛高。在长满苔藓的沼泽地里，所有的树都没有玛努伊洛高，在这里，玛努伊洛显得可高大了。

疲倦的人们停了下来。拉依卡也疲倦不堪，顺势往下一倒。他呼哧呼哧地喘着气，还伸了伸舌头。

“我的一辈子就这样过的。”玛努伊洛说道，“我总是在沼泽地和树林之间不停地走，走啊走，直到实在走不动了，往潮湿的地方一倒，就睡着了。要是有一条可怜的狗跑过来，准会把我当做死人，对着我狂吠一通。我睡够了，又爬起来接着走。从泥泞小路到树林，又从树林到泥泞小路，从高坡到洼地，又从洼地到高坡。这就是我们的生活。哎，走吧，太阳已经落山了……”

气筒似的靴子又“吱吱”地响起来。树林派来迎接我们的先是一些小棕树，然后是较大些的棕树，最后是高大的松树。它们从四面八方向我们围拢来。树林里暗了下来。尽管北方的夏夜很短，但还是有时间小睡一会儿。四周又冷又湿。我们用力地摇晃一棵干枯的树，它“喀嚓”一声倒下了，然后是第二棵、第三棵……我们把它们拖到山冈上，并排堆放在地上，然后把从这些树上弄下来的干枝点燃。篝火生起来了。在我们四周，有黑色的松树干层层围绕，树顶微微碰撞，摩擦有声，它们以自己的方式取悦着宾朋。玛努伊洛一边从打死的松鼠身上剥下毛皮，用松鼠的肉喂狗，一边对着狗轻声地嘀咕着什么。

“你给自己买条狗吧。”他对我说，“没有狗可不行。”

“狗对我有什么用处呢？我住在城里。”

“和狗在一起你会很快乐的，你可以给它喂面包，跟它说说话……”

他一会儿把狗的两只有韧性的、尖尖的、灵敏的耳朵轻轻地向下压，一会儿用他那张宽阔的、粗糙的手抚摩着狗的

身体。

“好了，睡吧，安心地睡吧。野兽要是来了，狗会听见的，它会叫醒我们。把武器放在靠近自己的地方。这里地面干燥，没有蛇，可以放心睡。要是你醒来，就看一看火，如果柴堆中心烧完了，就把木材往中间移动一下，然后再睡。地很干燥，放心地睡吧。”

整个没有受到惊扰的鸟儿王国沉浸在晶莹剔透的夜色之中……

突然，一片红色的火星飞窜过来，然后涌起一股火苗，最后响起炸裂声……

“野兽来了！玛努伊洛，快起来，熊来了！快点，快点！”

“野兽？哪里有野兽？”

“这噼里啪啦的响声……”

“这是篝火里的木头在响。该挪挪木头了。你还是安静地睡觉吧，野兽不会动我们的。上帝让野兽服从于人类。你干吗不睡觉呢？地那么干。”

我还是警觉起来——在一棵离篝火最近的树上有什么东西在挪动。

“鸟儿在低语。是的，飞来一只沙鸥。瞧你，别害怕！”

他看了我一眼，意味深长地、甚至有点神秘地说：“在我们的树林里有许多这样的鸟儿，是人们从未见过的。”

“是没有受到惊扰的鸟儿？”

“对，就是这种没有受到惊吓的鸟儿。此地这样的鸟儿很多……”

我们又入睡了。但是这时，有个个头不高、衣冠整齐的城里人与玛努伊洛争论开了：

“没有这样的鸟儿。”

“有，有的。”玛努伊洛平静地坚持道。

“就是没有，没有。”小个子激动起来，“这只是在神话里，可能是在很久以前的神话里才会有，而实际上根本没有，是虚构，是传说……”

“喂，你去跟他说。”高大的玛努伊洛对我抱怨道，“无论你见没见过，反正在我们这儿，这样的鸟儿就是多得不得了。他却说没有。这样的鸟儿肯定是有的。在我们这样的树林里怎么会没有这样的鸟儿呢?”

……

“喂，起来，起来，太阳出来了，你瞧，天边都红了。起来吧！趁着太阳还没有把露水晒干，鸟儿还在梦乡里悄无声息地睡觉……”

我爬了起来。我们踩灭了篝火，扛起猎枪，从山冈上往低洼地、树林深处和泥塘走了过去。

从彼得堡到波韦涅茨

在开始讲述自己在“鸟儿没有受到惊扰的地方”旅行的故事之前，我想先解释一下，为什么我要远离我们祖国理性生活的中心，到偏远的密林深处去。那里的人们狩猎、捕鱼，相信巫师和森林与水域里的鬼怪，通过在几乎看不清的林间小路步行来相互传递消息，并靠松明照明……总之，他们几乎过着原始生活。为了使自己能为读者所理解，我先从远一点的情况谈起。

众所周知，柏林是一个被铁路环绕的城市。在德国首都，市民出行都离不开火车，从车窗里可以观赏到都市里的生活。我记得，当时使我很惊讶的是，在居所和厂房之间到处可以见到小小的亭子间。在这些小亭子间之间，有一片半间房子面积大的土地，周围竖着篱笆，一些拿着铁锹的人在地里刨着什么。在高大的建筑石墙和正冒着烟雾的烟囱之间，看见这些拿着铁锹的人岂不叫人感到奇怪？我就很好奇，想弄清

楚这究竟意味着什么。还记得与我同车厢的一位先生对着这些庄稼人鄙夷地笑了笑，就像大人讥笑小孩似的。他告诉我一些他们的情况：在首都的房屋之间，总有一些没有建造房屋或铺上沥青和石头的小块土地，于是，几乎每个柏林的工人都禁不住想要租用一块这样的小土地，在上面先建造一个小亭子，然后利用星期天在亭子周围种上土豆。他们之所以这样做，并非出于利益的考虑，因为这些微不足道的土地当然不会收获太多的蔬菜。但是这就是工人的“别墅”。秋天，土豆成熟的时候，工人们在自己的园子里举行土豆节的宴会，而且宴会无一例外的总是以火炬游行告终。

这些德国的别墅主人就以这种方式给自己的心灵寻找慰藉。别墅的意义，就在于可以恢复在城市里因过度劳累而失去的体力，并与大自然进行直接沟通。与大自然的交流把人引入了奇思妙想之中。与这些夏天拥挤在城市郊区、别墅里的工薪阶层的人们相处，我们的心情顿觉轻松了一些。

现在读者会明白我为什么要安排这样两个月的自由时间了，因为我要为自己的心灵找到一个地方，在那里，我将对我周围的自然世界没有任何疑问；在那里，人类，这个大自然的最危险的敌人，可以对城市一无所知，却能够与大自然浑然一体。

在哪里能找到一个鸟儿不受惊扰的地方呢？当然是在北方，在阿尔汉格尔斯克或奥洛涅茨省，这是一个离彼得堡最近、又没有接触到城市文明的地方。与其说是在“旅行”这个词的完全意义上使用自己的时间，亦即使自己的足迹遍布

这个广阔的空间，我觉得，还不如在这儿找一个具有典型性的小角落住下来，研究这个小角落，这样会比旅行更易于得出有关当地情况的准确结论。

从经验来说，我知道，现在在我们祖国已经很少有这样一个地方了：一个鸟儿不会受惊扰的地方。于是，我从科学院和省长那里办理了免检证，我要前往各地搜集民族学材料。在记录神话、壮士歌、民歌、哀歌的时候，我确实有机会做一些有益的事情。同时，在从事这些美好而又极为有趣的活动时，我可以有很长一段时间在精神上得到休息。我把感兴趣的东西都拍成照片，并带着这些资料，回到彼得堡。我决定尝试撰写短篇系列特写，哪怕它充当不了这个地区的全部风景画，也能在某些方面成为这个地区风景画的补充。

忙碌的彼得堡人很少对首都的一些地方感兴趣，而这些地方却牵动着俄罗斯改造者的记忆。数以千计的人每天从具有伟大历史意义的纪念碑旁边经过，到某个岗位或者工厂去上班，却完全不注意这些纪念碑。当周围的人都急匆匆地忙于事务的时候，也确实不便于去观赏这些纪念碑。因此，只有外国人和外省人才想到要观赏它们。

但是，就在这时，你来到了郊外，起先是不见了房屋，只见工厂烟囱林立，然后，烟囱、房屋和别墅也都一一消失了，最后只留下了一些黑点。这时人们打开了有关彼得大帝当年完成大业方面的话匣。人们遥指着涅瓦河上半干枯的树木说，这是“红松树”。彼得大帝当年曾经爬上其中的一棵树，从那里观察战斗……这是拉多加湖，运河的源头正是

由此开始。当时有人说，彼得大帝用这条运河整治不通畅的湖……这里可以看见位于小岛上的施吕瑟尔堡要塞，正是由此人们想起了彼得大帝的事业，并想到整个国家的命运：诺夫戈罗德人建起了被称做奥列塞克的要塞，后来归属瑞典人，并被改称为诺捷堡。1702年，一场著名的战役之后，城堡重新回到俄罗斯人手里，又被称为施吕瑟尔堡要塞。

但是老人、中学生、小姐和带着相机的先生都不知为什么默默不语。

“唉，先生！”老人嘟囔着。

似乎一些病态的白色幻影从脑海里向人们飘来，不由得令人想起彼得大帝的辉煌事业……

越往前走，人们就越来越多地看到彼得大帝在这个地方逗留过的各种痕迹。人们指点着这些痕迹，却不可能在这里说尽所有有关彼得大帝的民间传说，因为它们是如此之多，使你不知道从何开始，怎样衔接。这由历史学家来说更为合适。我们的史料有必要弥补这个空白。

* * *

太阳落到拉多加湖里去了，但是这并没有使天黑下来。这简直让人难以置信，与其说太阳落下去了，不如说太阳“在下山”。似乎太阳在水平面上隐藏了起来，就像鸵鸟为了躲开猎人而把脑袋藏进沙堆里一样。天依旧是那么亮，只是一切略微变得朦胧了一些。被隐藏的太阳照亮的橙黄色烟雾朦朦胧胧，轮船在湖面上开过的痕迹变得模糊起来，但是这痕迹并没有消失，它渐渐地扩散，向着远方渐渐看不见的湖

岸扩散开去。所有的人都默默无言地凝望着水中和空中的航道，他们本身也变得朦胧起来……这不是老人、小姐或中学生，而是神秘的远方物体。

微风吹来，涟漪泛起，水波荡漾。微风也许不会使大船明显波动，但是，湖面的单桅小船却会由此微微颠簸起来。“滨海”号船稍稍荡起水波，芬兰船扯起绷紧的彩画般的帆。远处有个白点。这是航标灯呢，还是面朝拉多加湖岸的教堂，抑或是某条大船的帆？白点会消失的，但是应该很快就能看见航标灯，然而，在红色的太空上勾勒出来的却是一艘大湖古船的丰满轮廓。

* * *

我不记得哪位旅行家说过：当你坐上俄国的船，千万要小心，要仔细观察船舱，里面是否漏水，这条船会不会发生什么问题，船底会不会散开等。我按照所说的办法去做了。我们坐的是新船“巴威尔”号，它还是第一次执行航行任务，从彼得堡到彼得罗扎沃茨克，再到波韦涅茨。这条船是英国制造的，甚至连轮船拥有人的公司本身都是照英国方式建立的。

“嗨，”一个个头不高、圆脸的公司成员彼得罗扎沃茨克对我们说道，“别提了，在英国甚至一个雇佣公司都可以拥有自己的私人轮船，而我们俄国商人，却不能像购买商品那样购买自己的私人轮船。”

我不知道，在俄国是否曾经有过这样的公司，在这样的公司里聚集着一些中小商人。要成为该公司的成员，只要交

足 200 卢布的股份就可以了，但是必须用本公司的船装运他们的货物。那是一个充满朝气和令人振奋的时代，人们怀着美好的希望……从国家杜马那里传来了一些前所未有的声音。

“你们知道吗？”船上这些新水手们迫不及待地说，“现在难道是能够袖手旁观的时代吗？在我们这里，在奥涅加河岸边，有一些游手好闲的人无所事事，他们什么都不想去了解，不管在什么地方，都认为自己是最了不起的……这就是自尊心！告诉你，这些自尊心极强的人出于自尊心，连报纸都不想看！”

这些商人全都为崭新的前景和新时代的广阔前程兴奋不已。他们亲自参加轮船的首航，并充当水手。

有一个人一头扎进机舱里，出来的时候带着满脑门的黑点，他用手帕擦拭着衣服上的油迹，另一个人则用各种问题缠着船长。更多的人集中在船尾，观察着计算节（海运速度：1 海里/小时，1海里=1.852千米）的仪器。

“简直不可能！60节！每小时30俄里！”(1俄里约等于1.07千米)

节、纬度、航线……就这样，这些大腹便便的志愿水手们不断吐出一些航海术语，其中一个人甚至还握着罗盘……

现在所做的这一切都是为了追赶“斯维尔”号船，这条船属于老公司。“巴威尔”号每小时行驶的节远远超过“斯维尔”号，因此，它有可能在拉多加湖上追上“斯维尔”号。关于这一消息，早在售票的时候就已经公之于众了。人们就是为了这个原因，才算着节数，眼睛盯着远方，看是否有烟

雾出现。

烟雾真的出现了！越来越多，烟囱也看得见了。节、纬度和航线……一切都被抛到脑后了。还有半个小时，欧洲商人就要在拉多加湖上庆祝胜利了。

突然，机器里有什么东西发出“吱吱”的响声，不知是什么东西在断裂，甲板上冒出了重重烟雾。大家都慌张起来，有人把消防管的末端安装到机器上去。

过了一个小时，这一切都安然无恙地结束了。轮船重新起航了，但是人们不得不彻底放弃追赶“斯维尔”号的想法。

“没关系，没关系，”船主们伤心地相互宽慰道，“机器是新的，它需要磨合……”

现在，当我写这些的时候，该公司两艘轮船“彼得”号和“巴威尔”号都忧伤地停泊在涅瓦河上，一艘没有气锅，一艘没有轮子。它们都遭遇了事故：一艘在斯维尔石滩，另一艘在奥涅格湖里。整个夏天它们一共才出航了一两次。

“自尊”的商人得意洋洋地说：“它们这是在哪里航行啊，尽碰到一些微不足道的小事情。难道这么大的货轮能够在我们这儿的河流和湖泊里航行吗？真是些糟糕透顶的领航员。”

我不知道，老公司现在是否增加了旅客费用。新公司曾经把费用削减了一半。

* * *

刚处理完一桩不幸事件，现在又开始颠簸了，而且，船越往前开，情况就越变本加厉。一位一直沉默不语的小姐首先从座位上站起身来，向甲板走去。母亲怀抱里的小姑娘又

病倒了，她说："妈妈，这是马车'比亚'！"最后，老上校也朝甲板走去。回来的时候，他有点懊丧地说："我说过无数次，不要走这个该诅咒的湖！"他特别不自在，因为他刚才还在说他如何骑着带角的熊。

不管怎么说，当斯维里河口终于出现在前面时，大家都高兴起来了。

斯维里河可以运输木材和面粉。它是马林斯克水域的一个河口，把彼得堡和伏尔加沿岸连接起来。我这么说，并不是要给工业做概述报告，只是想说这里的商业生活给其他地区的影响有多大。比如，大的商业村落里，木房子很大，窗户也多，这当然很好，可是为什么在这些舒适的房屋周围没有花园、树木或菜园？如果听一听那位从特维里来的大娘的谈话，你就会明白过来，她是松尼格地区的人，同丈夫一起来的。大娘和我一样，也不满意这些房屋的周围环境。

她吃惊地说："为什么只有男人在走动，你们的庄园、菜园在哪里？耕地在哪里？为什么篱笆歪歪扭扭的？"

奥伦赫人说话的时候都露出惊讶的样子，但是比起特维里人来说，我感觉没有那么厉害。他说，歪歪扭扭的篱笆更牢固，本地菜园不宜翻耕，另有安排。照他所说的，领航员一个夏天可以挣到 300 卢布，因此无暇顾及蔬菜的种植。但是，大娘自有一套逻辑，即"妇女"的逻辑，因此她打断了奥伦赫人的判断。

"可我们那里到处都是菜园、庄园，15 俄尺见方的田野一马平川，篱笆笔直，而这里像什么？"她轻蔑地大叫大嚷，

指着岸边说，“尽是灌木丛，坑坑洼洼，高低不平，到处都是石头……”

沿岸确实让人感觉不愉快。它们过去大概也曾经兴旺过，那时到处都长满历史久远的大树。现在木材依然到处都是，但是当你听到“木材”一词的时候，总是有这些形容词相伴：锯好的、建筑用的、烧火用的等。拖轮运载着木材，码头上堆满了木材，商人们谈论着木材，总之都在木材周围忙碌着。这些忙碌，看来并非是张罗者为自己准备的，它们都将被运送到彼得堡去。这里的人多少有点美国人的风格。比如，年轻人都穿着彼得堡时髦的大衣，一般说来，他们还都是文化界人士。就像俄罗斯人常见的情况那样，他们乐于谈自己的出生，例如“出生在斯维里河畔，是种田人的儿子”等。男孩一旦病倒，家长们急忙在圣像前点起蜡烛，跪下来祷告：“圣徒，恢复孩子的健康吧!”他们向圣徒许诺把自己的儿子送到索洛维茨基修道院去侍奉主一年。当儿子成了 18 岁的青年人，再送到索洛维茨基修道院去“还愿一年”。儿子是带着极大的宗教热情前往修道院的，但是在那里，他的这种热情完全冷却下来。修道院的生活几乎与尘世生活一样，甚至更糟。“在那里什么坏事都有，一包香烟卖到 50 戈比。”他回到家里,想好好过日子。可是,一个农夫的日子会是什么样呢?砍树，用斜钩把石头分开，用原始的木犁耕地，并种上黑麦、谷类和芜青，甚至没法考虑能否在这一年里养活自己。一个年轻人到彼得堡去寻找自己的幸福。他什么都干过，最后做了裁缝。他穿戴漂亮地回到自己的故乡，准备给所有的家乡人缝制彼得堡时尚服装。

我不想仔细描述波多波罗日耶、米亚图索沃、瓦日尼，它们都是一些商业村镇。我甚至也不想写斯维里沿岸的情况，因为它们也同样离不开大平底船。从外表看来，它们并不起眼，与其他河流不同的是河面水流平缓。在斯维里河流的最后一个村——沃兹涅塞尼亚村附近有一条水渠，或者说是运河环绕着奥涅加湖，从外表上看与拉多加湖附近的河完全一样，也是由此起源。

* * *

狂暴的奥涅加湖极少有完全风平浪静的时候。但是，在我们的航行中，也偶尔出现过连微波都不泛起的日子。这个时候，风景真是美妙绝伦。大片彩云俯视着平静而又洁净的湖面，而当它们落在微波翻滚的墨绿色岸边时，就变成紫色的阴影了。岛屿仿佛在上升，悬空挂在水面上。每当遇到温暖的天气时，这里总会出现这种情景。

当地的居民称奥涅加湖为"奥涅加"，简单而又悦耳，就像拉多加湖在古时被简称为"涅瓦"一样。

可惜，这个来自民间的美好名字被官方改掉了。我在彼得罗扎沃斯克认识的一个年轻的本地史学家，他对此很气愤。他对我说，官方就这样改掉了民间美好的地名，而且这并不是一件小事。如果说到民间诗歌、哀歌、歌谣和宗教信仰，这就更为明显。在民间诗歌里，经常提到这个"可怕的奥涅加令人恐惧"，又甚至有"小奥涅加"等。对"光荣而又伟大的奥涅加"沿岸的诗歌略有所知的人，就会称此湖为奥涅加，

就像皮萨洛夫不恰当地按父名来称呼普希金诗作中的塔吉亚娜一样。奥涅加在民间意识里已经不是湖，而是海。人们经常以海来称呼它。奥涅加像海一样浩瀚无边，在岩石成堆的湖岸包围之中，它令人生畏。两岸光滑的岩石离奇别致，有些还天然装饰有松木纹的象牙边。在沿岸这些地方，至今还居住着壮士歌歌手和哀歌歌手。岸边蔚为壮观的基瓦奇、坡尔坡尔和基尔瓦斯瀑布奔腾呼啸。奥涅加充满诗意，有幸目睹它的诗人无不歌颂它。一个当地的爱国者这样对我说："可惜的是普希金没有到过这里。"

当我读到《外省公报》《奥罗涅茨文集》《奥罗涅茨省纪念册》后，有关奥涅加的艺术描写特别使我感到不满。在这些书籍里，很多当地的文学家不够严肃认真，他们心里充满了对奥涅加的热爱，但是却有些矫揉造作。我记得，某个人在描绘基瓦奇湖时，提及并引用了杰尔查文的诗句"宝石满山遍野"，他充满激情地感叹道："你可知，上帝造就了这样完美的瀑布，令人惊叹不已，而奥罗涅茨省长的话也不比上帝的话逊色，字字如玉，句句是宝。"

整个奥涅加地区就是这样的，而奥涅加湖本身又另有一番景色，它简直就是北方的"水的宝库"。在地图上看它就像一只大河虾，右边的一只螯较大，左边的螯较小。它的面积约为拉多加湖的一半（拉多加湖的面积约有 16922 平方米，而奥涅加湖的面积约有 9700 平方米），斯维里河交汇于其中。两只"虾"螯之间的左边，有一个巨大的被河湾隔开的后奥涅加半岛。在它的左岸，如果从"虾"的尾部向它的前部看

过去，可以看到奥罗涅茨省省会城市彼特罗扎沃茨科，靠鳌的右边不远的是布多日、维杰格拉，在鳌的最北边是波韦涅茨，那里是“整个世界的边沿”，而这也正是我要去的地方。

* * *

来迎接一艘艘轮船的密集人群，成为一个活生生的民族志博物馆，他们把我的想象带回到这个地区久远的殖民统治年代。确实，这些人显然是具有很多现代特点的人们：警察、神学院的学生、大学生、乡村女教师等，但是，他们正在发生改变。当然，大部分汇集到这里来的人都是附近村镇的，他们围观外来的人纯粹是出于好奇。大概，对他们来说，这也许比听课、看话剧和旅行更具好奇性。这甚至反映在年轻人的外表上。不合身的女式上衣、丝巾是他们观察船上女士们的直接所得。后来这里出现了女裁缝，逐渐都以彼得堡时尚来装扮人们。但是，在这些具有现代时尚的人群中，还可以看到一些来自偏僻地区的白发老人。瞧这马车，就是他们所乘坐的交通工具！最令人惊奇的是夏天用雪橇（通常在冬天使用的交通工具）。显然，他们的主人来自于一些极为闭塞的小地方，那里根本没有什么带轮子的马车，而在这里到处停靠着有轮马车，可是，这些轮子又像什么？这简直就是一些宽大肥厚的木片，有些轮子甚至都没有磨光……车轮完全没有轮胎和辐条，这样的车轮子一碰上石头路就会粉身碎骨。也许，正是由于这个原因，这种车轮才特别昂贵。人群中所有的人都面带灰色，他们长着一双双细小弯曲的明亮眼睛，显然是白眼睛楚德人的后代。在他们中间偶尔还能碰到另一

种类型的英姿勃勃的年轻人，他们的穿着就像富客萨德科本人。

这两种类型的人相去甚远，以至于你忘却了人群里其他人的存在。

在这些地方还有很多坟丘和许多各式各样的纪念碑，它们记录了某个时期诺夫戈罗得的斯拉夫人与芬兰血统的人——白眼睛的楚德人所进行过的顽强的流血战斗，这场战斗最后以诺夫戈罗得人的胜利告终。接下去一切都按照通常的程序进行着：著名的诺夫戈罗得人在这里获得了土地、森林、河流和湖泊，派了勇敢善良的年轻人来管理耕地和手工艺事务。所有这些介于拉多加湖、奥涅加河及白令海之间的广阔土地形成了奥波涅茨，占据诺夫戈罗得的 1/5。这个原始的奥波涅茨森林地域到处都出产无比丰富的毛皮资源。

* * *

在去奥波涅加地区的途中，我得以见识两个城市——彼特罗扎沃茨科和波韦涅茨。怎样来描述它们呢？介绍一下名胜古迹、商业或是工业？所有这一切都只能用来说明其中的一小部分而已，而不能显示出典型特征。我记得，当我在彼特罗扎沃茨科一边等候轮船，一边散步的时候，我不知怎么就感觉到这个最清洁的城市简直不是醒着，而是在打盹。我并不想以此来侮辱这个小城，它的打盹，也并不像我们外省城市那样，而是别有特色。这个城市总是那么安静。如果在这个美丽的湖岸上，在许多山丘之间，无论偏激的人是吵吵嚷嚷，还是无声无息，那都不太适宜。小城在寂静中打着盹，

只是有种东西时而发出重重的丁冬声，敲击着，或是从城市中心下面的盆地里发出呼啸声。这显然就是亚历山大炮弹制造厂里发出的钢铁落地的声响，现在回忆它的时候，正可以说明这个城市的意义。事实上，整个城市的历史就是企图在此建立炮弹制造厂而未果的过程。其原因在彼得大帝身上。这个工厂生产不太景气，关闭了，后来铸铜厂运作了一段时间，再后来是法国公司开设的工厂，最后，由叶卡捷琳娜二世开办了亚历山大炮弹制造厂。后来这家工厂一直保留到现在，巨大的红色楼房矗立在地处盆地的城市中心。据说，工厂的情况很不好，并且，只有政府的优柔寡断可以解释这种至今奄奄一息的无益事业，而这个工厂完全是无过错的，一点也不会打碎这种静谧安详的生活图景。

古代的纪念碑当然是为了彼得大帝的光临才建造的。这里有彼得和巴威尔木质教堂，人们把它们建造成可以从外面直接爬到顶上的样式。据说，彼得大帝喜欢爬到这个教堂顶上欣赏奥涅加湖的景色。

美丽的公园里有彼得大帝亲手种下的树木和下令建造的宫殿。这里还有彼得大帝和亚历山大二世的纪念碑和杰尔查文的居所，当然，这里就像外省的城市一样，还有许多大的官方建筑。

另一个城市波韦涅茨已经属于森林、水和石头的地区了。

森林、水和石头

这里流传着这样一种说法：波韦涅茨是整个世界的尽头。可我说过，波韦涅茨对我来说只是一个最奇妙世界的开端。

我一再给自己提出这样一个问题：怎样把奥涅加湖北部小镇——波韦涅茨的特征描绘出来？我记得在那里经常听见铃声：这是母牛在沿着城市街道行走。这些铃声把什么都告诉了我：波韦涅茨人就像彼特罗扎沃茨科人那样——我一点儿没有侮辱他们的意思，他们是如此古老的一些居民，就像是生活在16世纪似的。波韦涅茨村庄后来被叫做波韦涅茨镇了。如果把它看做村庄，那么在街上看见母牛就毫不奇怪了。事实上，这个“小镇”上的土生土长的居民至今还在种地，他们的田地就在他们的木头房屋后面。另一部分居民是公务员，出生在“优秀的”家庭。关于波韦涅茨的情况，我仅能说这些。

接下来我要说的是：在北方荒凉的森林里，在连绵不断

的茂密的树木之间，有一条宽阔的道路向前延伸。马车颠簸着，不是把巨大的石头弹起抛向四面八方，就是把夹杂着鹅卵石的黄色沙砾弄得“哗哗”直响。森林里的“白灯笼”[①] 在林子里闪闪发亮。轮船里的乘客吵吵嚷嚷的声音时不时地惊动着在热沙堆上沐浴的黑琴鸡。雌黑琴鸡不让雏鸡留下来，一边急急忙忙地把它们领到森林里去，一边不断地回头往四周瞅瞅。

马车飞驰着，而且跑得越来越急，在阶地、山丘和斜坡之间忽而向下奔驰，忽而向上爬去。它无法从容地行驶，牛虻老爷不断地骚扰着马匹，在我们周围成群地飞舞着，对它们来说，这样忙来忙去好像不费吹灰之力。

在离波韦涅茨 13 俄里的沃落采尔村里，我们更换了马匹，这些马又继续奔跑起来了。行驶了 15 俄里之后，我们斜向穿越了马谢里戈山峰。这个山峰既是整个山地的制高点，又是波罗的海和白海地区的分水岭。

从这个地方开始，如果只就我们所能看见的地方来说，在我们前后展现的是一片石头阶地：向后延伸着，通到波罗的海；向前延伸着，通到白海。几个壮观的湖泊夹在双向阶地之间，奔腾咆哮的河流以及其间的瀑布相互交织着，后侧还有一条狭窄的多尔戈湖支流与波韦涅茨湖相交错，然后流入奥涅加湖。储水量极大的奥涅加湖，顺着斯维里河和古老

① 水质清亮的湖被称为“白灯笼”，而“黑灯笼”则指由于沼泽底颜色深而泛黑的湖。

的涅瓦河汇入圆圆的拉多加盆地，又顺着最短的涅瓦河段流入波罗的海。前方还有一系列的湖泊：马特科采罗湖、捷列金斯科耶湖及岛屿众多的维戈采罗湖。穿越于它们之间的瀑布，像风景画那样美丽，泻入水流湍急的维格湖，再进入白海。在山崖的一面脚下是彼得堡，而另一面山脚处则是冰洋和极地沙漠。

这些地方的地势使人浮想联翩，但是即使是一般的观察，你也会看到相同的东西，只不过所看见的空间较小而已。在这深蓝色的森林海洋里，在风格各异、相互交错的一层一层的阶地上到处都是湖泊，湖水闪闪发亮。

“我们这里有的是森林、水和石头。”车夫说。

他说完这话，四周又是一片寂静！森林、水、石头……

创造者似乎刚才还在这里说：“请把天下的水都收集到一起吧，否则会干涸的！”

水向海洋流去，留下的是石头。

在这里流传着卡累里人的一个传说：“起先世界上除了水以外什么都没有。水永恒地奔腾呼啸。这种喧嚷声传向天际，惊动了上帝。他盛怒了，对着波浪怒吼，波浪立即沉寂凝固了，变成了山峦，而一些水珠则变成了石头，遍布开来。在凝固的波浪之间，穿插着水流，形成了海洋、湖泊和河流。”

在这种情况下，也正如经常发生的情况那样，文学创作走在了相对缓慢的科学研究的前头。现在科学也证实了，这里原来只有水。这里的冰洋与波罗的海相连接。一些像玛谢里戈斯基峰那样的浅滩，从布满冰块的海面显露出来。斯堪

的那维亚冰川的巨大冰块，沿着海洋漂浮着，只是到了浅滩处便搁住了。在这些浅滩处，冰块融化了，携带着大量石头向山下流去。随着水底地下力量的作用，推挤出了越来越多的新浅滩，流动的冰块在这些浅滩处变成了冰泵块。就这样，形成了绵延伸展的山冈。在山冈的低凹处依旧有水不息地流动着。在山冈上生长着针叶林，人们在林间“像所有的野兽一样生活着”。

地理教科书上没有“维戈地区”这个名称。它被纳入“沿海”这个概括性名称中，但它在许多方面都很有特色，值得为它单独立名讲解。它包括整个维格湖流经的地区，从维格湖西南的上游（南）流入之处起，到维格湖下游（北）流出之地为止。

我认为，由这个地区开始航行比较适宜，可以在这个地区的某个地方坐上小船，任意去往南北各地。这里有无数的岛屿，而其中的卡列里尔岛的村庄恰好在维格湖的中心地带，因此我就选择了这个村庄作为我的第一站。这个计划得到一位老渔夫的肯定，我在动身去维格湖之前就住在他家。

“妇女们要去卡列里尔岛，她们可以领你去。”老人对我说。

“这就是我们家的两个小媳妇，还行吧？”老人指着两个妇女说，这两个妇女的脸因风吹日晒而显得黝黑和粗糙，她们穿着靴子和下摆高高的裙子，手里还拿着桨。

然后老人把银灰色的脑袋对着风一摆，对小媳妇们说道：

“在湖上你们会遇到一场好风的，要刮沙龙尼克。”

“沙龙尼克”也就是西南风，后来我还知道了一些风的称呼：夏季风（南风）、斯托克（西风）、岸风（西北风）、午餐风（西南风）、半夜风（东北风）、托罗克（旋风）和热风（夏天偶然刮起的风）。

“这是好风，你们恰恰需要它。”老人继续说道，“别忘了带帆。”

“可是，我们没有带帆，爷爷。”小媳妇们说道。

“那么，我去给你们拿。”

“要是您有，那就拿给我们吧。”

老人借给我们一张用口袋缝制的帆，于是我们就向岸边走去。那里停泊着一只从水里拉出的半截普通小船，我们得用这条小船渡过浩瀚的、奔腾咆哮的维格湖，它有 70 俄里长，20 俄里宽。

这时我才知道，做这小船“没有用一颗钉子”，它全是用石楠树条“缝制”出来的，这样船就更结实，造价也更低。据说，诺亚方舟似乎也是这样造成的。

坐这样的小船航行，尤其是同妇女们一道，真有些胆战心惊，但这只是刚开始时的心情。后来，我便信服了，她们生长在水中，还是吃奶的孩子的时候，她们就已经学会游泳了，她们丝毫不逊于男人。男人们只是保留了掌舵的权利。起初，当你看到女人划船，男人坐在船尾，轻轻地捏着划船的桨，而且还喝着酒，吃着小鱼，你会感觉到这不公平。可是，当你仔细观察到，在暴风雨中，需要大家付出多少力气才能应付一张橹，而带帆的船则更甚时，你就会明白，这件事情没有什么特别的不公平。

就这样，我和妇女们坐着没有钉子的小船，来到了维格湖卡列里尔岛，接着继续向北行进到一望无际的宽阔水域。湖面显得自由自在，一时见不到岛屿，右侧一眼望去全是森林。

“那是岛屿吗?”

“不，那是一条窄道。看，那是岛屿。”

“那么这边呢?”

“这也是岛屿。在我们这儿岛屿很多，简直数不胜数。湖里岛屿的数目是一年的天数再加三。越往前走，岛屿就越密集。看，岛屿和沙尔玛。”

“沙尔玛”指岛屿之间的狭长的水道，这是卡列里尔地方的方言，就像地理学里的名称一样，保持着老主人对这个湖的记忆。

小媳妇们给我讲解道：“几百年来，我们这里居住的都是卡列里尔人。”

老人向我们预示的风暴，一点也没有弄错。我们刚从岛屿间迷宫般的狭长水道里驶出来，就刮起了顺风。妇女们感到很得意，她们支起桅杆，把绳子的一端穿过长凳的孔，固定在船底的铁掌上。

“怎么样?”她们活跃起来，说道，“风大吧，现在不管什么船航行，坐在这里，衣襟都吹得沙沙响。不能把桅杆立得太高，否则船帆会被撕毁的！把横桁放得高一点！不然，船会颠簸起来的。”

妇女们终于把帆升起来了。她们还在靴子上缠上绳，用绳索把自己与船底台阶拴在一起，就这样双手操起了舵把。

小船像箭一样飞驶起来。白浪翻涌，乌云积聚起来。

“风在加剧，天黑下来了，上帝保佑。”划桨人祈祷道，“我们的湖发狂了。刮起狂风了，波浪翻滚，天气真糟糕啊！但我们还得行船啊。九级浪拍岸，本来挺好的船篷，这时变得跟在坟墓里一样。在九级浪之间就像在船篷间一样，连小船都看不见。有一次我们和一位老太太一起被大浪抛上了小岛，在那里我们饿得饥肠辘辘。”

“听啊，听啊，声音小了。”另一个妇女惊讶地喊道，“风浪要停息了。”

乌云过去了，渐渐地风平浪静起来。

“上帝开恩，风停了。”

到了岛屿之间的狭长水域，风完全平息下来了。帆微微飘动，湖面上挂起一道彩虹。

“景色真美啊！看这彩虹！该把帆降下来了。”

妇女们细心地观察起来，看彩虹底端落在什么地方。要是落在旱地上，那就不会下雨；要是落在水里，那就还要乌云密布，大雨倾盆。

“现在路已经不远了。我们正在穿越岛屿间的狭长水域。我们会追上那只乌鸦。在乌鸦那个方向的河边有一个村庄，峡谷里也有一个村庄，并且还有熊出没的针叶林和卡累里岛。”

* * *

维格湖只在秋天才有大风暴，夏天一般都非常平静，就像一面巨大的镜子在阳光下闪闪发亮。偶尔碰上“陀螺巧克”——偶然刮起的微风（或旋风），水波就会像无数颗星星似的在湖面上闪闪发光。夏天的风来得快，去得也快，这种风对出航毫无影响，过了5～10分钟，一切又都恢复得和以前一样平静。有时太阳就像燃烧的大火炉一样，晒得到处热辣辣的。不过，你简直难以相信这种热劲儿。似乎在酷热和光照后面的某个地方还隐藏着严寒，并传来一个低低的声音：“这不过是仲夏而已，这种酷热的天气很快就会过去，而这里立即就会有冰冻，无休无止的严寒就要来临了。”

湖里密布着大大小小的岛屿。那些大的岛屿并没有什么特别吸引人之处，一眼望不着边，它们简直跟湖岸没什么两样。小岛屿却别具一格，风光诱人。尤其是夏天，在恬静的天气里，小岛更加宜人。水面下到处都可以看见生长着一棵棵忧郁的水杉，它们相互挤在一起，似乎要把什么东西藏起来。它们不由得使人想起勃克林的《死亡岛》，众所周知，在这幅名画里，首先映入眼帘的就是一组柏树，这些树包含着死亡的秘密、彼岸的生活。只要仔细地观察这幅画，你就能发现，柏树中间有一艘船在驶出画面，船上有一个身穿白色衣服的人在运送一个撒满玫瑰花的棺材……

而这里也同样出现了一点白色的东西。那是什么？那是一群天鹅，它们正发出“嘎嘎嘎”的声音。

在岛屿中间，特别是在长满青草的堤岸上，不时有各种

各样的野鸭子游过来。它们显得很温顺，毫不惊慌，“它们一点也不担心”人们是否会去惊扰它们。

坐小船并不总是能够到达小岛的。岛屿的周围常常被一些水下石头——暗礁围绕，从岛上向水里伸进一些石头长滩——浅滩，正因为如此，岛屿看来才似乎是架在伸出水面的石头架上一样。包围着岛屿的石头使岛屿显得就像一个被冲刷已久的大沙石。岛中央那些冲刷不到的地方，有一些沙石和卵石，那里生长着一些树木，这些树木的根缠绕着石头。岛上被冲刷干净的地方则形成了浅滩，即石头浅滩和礁石。有时候，水完全淹没了整个岛屿，树木无法在光溜溜的石头上生长，鱼儿却可以在礁石上产卵，成群的海鸥也爱在光秃秃的礁石上聚集。

* * *

在这里，各种野鸭、野鹅和鸟儿乎都不怕人。人们不射猎它们。那里的人说：“如果说‘野兽’，亦即森林里的鸟：花尾榛鸡啦、黑琴鸡啦、松鸡啦，它们生来就是作为食物的，为什么还要打它们呢？”他们还说：“鹅和鸭子不给我们带来任何害处呀，它们是最不伤害人的鸟类。”他们看待好人的标准是：“一位令人起敬的人应该是独立的，不仅不伤害天鹅，而且连野鸭子也不去碰一碰的人。”

这就是为什么天鹅不害怕人，并陪伴着孩子们一道游进村子的原因，而野鸭子则不断地在离村落最近的沼泽地里安家。当一位老人向我讲述这些的时候，还补充道：“可能是野鸭子懂得人心，所以它需要这样的环境。”

有一次，我和这位老人划船到一个狭窄的湖湾处，一群天鹅在前面游动，它们努力想游得离我们远一点，同时又不愿意丢下幼鹅飞去。老人感觉到我要向天鹅射击，便慌张地抓住我的手，说道：

“你要干什么，主和你同在，这是不可以的！”

什么道理呢？他给我讲述了一个故事：

“我年轻的时候很愚蠢。有一次，我脑子里忽然出现一个糊涂念头：打天鹅去。我开始在森林里打猎，走了一整天，不管怎样，只要能打到一两只天鹅就行。到了晚上，天还没黑尽，湖面平静极了。我看见石头旁边有一股急促的水流在跃动。我想，这不会是鱼儿在飞快地游动吧。我仔细看了一下，看见了在湖中间的石头上歇着一只水獭，尾巴垂着，因此水在微微波动。我给自己调好位置。噗哧！鼻子碰到了水，我满心懊恼。这时，我看见游过来一对天鹅。它们的脑袋凑在一起。我开始瞄准。还没来得及扣扳机，它们就飞开了，而我又不想单打一只。我走了5沙绳（俄尺），看见一只鹿向我走过来。它有点像一堆草垛，它那犄角像是个耙，我把枪口移到一边。要是我向天鹅射击，那么所有的鹿会惊吓得跑到5俄里开外去的。”

“是的，已故的伊凡·库奇明，”另一个划船人说道，“在春天杀了一只天鹅，他在秋天就死了，过了一年，他的妻子也死了，接着，孩子和别的人也死了。”

咳，真为他感到可惜！你只要打死一只天鹅，另一只就高高地飞走了。你永远不可能一次打到成对的天鹅。

我一直想弄明白，为什么不能打天鹅，开始谁也无法向我解释清楚，但现在我明白这个原因就是人们意识深层里的一种“罪过感”。

很难追根溯源——这种罪过感是打那里来的。但是有一点显而易见，那就是我听到过的一个传说，说公主曾经到过天鹅那里。在所有阿利安人的神话里，天鹅承担着运送上帝出行的任务。可是，如果说这个信念来自古斯拉夫人的神话传说，那么为什么在过去的故事里却常常说到“掰开”白天鹅肉？也许这个传说来自芬兰人，或者是跟这个北方地域的古老信念有关？这种信念以摩西的法则为准，坚持不把天鹅作为食物。无论如何，这个风俗是美好的，看来，也正是因为这个缘故，这里的鸟儿是从来不受惊扰的。

* * *

维格湖许多现在无人居住的小岛上也许曾经有人居住过。时而你能够看见嵌入树木里的旧教派使用的那种八角十字架，时而你又能够看见显然是人用手堆成的石堆。当地人在这里找到了锅、硬币和箭头。有很多关于岛上埋有珠宝的传说。整个岛屿就像一个大坟墓。

事实上，在这个岛上，也和在整个奥博涅加郡一样，瑞典人、芬兰人和斯拉夫人在这里曾经频频发生冲突。那时不断有战争和各种危险发生。这可能就是为什么最古老的居民至今仍然在这几乎无法通行的密林深处居住的原因。大部分奥博涅加的瞭望台、死火山（山丘）都属于这个古老时代的产物。但是，在维格地区，这样的传说却很少。“人们居住了

几个世纪了”，再没有别的说法了。这些锅、硬币和箭是谁的呢？是谁挖了地下的宝藏呢？老人们说起这些宝藏来煞有介事：“阔老爷们呗。他们在这里生活过，大家都知道的。”

“他们就住在现在钳工住的小房子里。”有一次，一个老头坚定不移地告诉我，好像他曾经亲眼看见过这些阔老爷似的。

“他们主要的栖息之所就在那个地方。”老人继续对我讲述阔老爷们的事情。

曾经住过阔老爷们的岛屿被称为城市岛，大概是因为那里曾经有过一个古代城堡遗址。这个壁垒森严的地方，确实就像一个小城堡。传说阔老爷们就是从这里闯进村里，抢劫村民，并带回去了一些农民，逼迫他们为自己干活。可是，这些阔老爷们到底是些什么人？我一直对当地人所说的情况感到纳闷，怀疑是否真有阔老爷在这个闭塞的地方居住过。最后，一位熟知所有当地传说、诗歌和壮士传奇的九旬老妇人向我讲述了阔老爷们的情况：

“过去有一位被免去教职的沙皇叫格里沙。他在外乡结婚，娶了新娘玛丽娜。人们把玛丽娜的陪嫁从外地运回来，整整运了三年。

有一次，一头运送嫁妆的牛累了，就停下来歇一会儿。一位工人看见了，就问道：‘你们运送的是什么？’

押运嫁妆的人就说：

‘玛丽娜的陪嫁。’

工人从大车上拿了一个大圆桶，打碎了它。在大圆桶里

有两个阔老爷。工人将此事报告给沙皇：

‘陛下，这就是从异域运送来的陪嫁。’

来了个大力士，把玛丽娜的屋子掀了个底朝天。原来，玛丽娜是个魔女，她变成喜鹊，飞到窗外去了，而阔老爷则在俄罗斯的土地上四散奔逃，并就此落户下来，然后到处抢劫。”

维格地区的人们告诉了我有关阔老爷们的这些事情。实际上，阔老爷们的入境是另一个时代。那时第二个伪皇帝的军队在俄罗斯的心脏地区被击溃，逃兵们便散居到各个区域里。这些波兰、鞑靼和哥萨克匪帮从沃洛格达州和别洛焦尔斯克州流窜到奥洛涅茨州。这些“阔老爷”们，按照古老的记录，亵渎了神圣的教堂，从圣像上扯下饰物，折磨和抢劫农民，从他们那里夺走钱和其他财产，烧毁农民的谷场和储藏室，把庄稼运回自己的城堡。这些城堡，也可以说是小城堡窟，是一些工事坚固的地方，它们现在成为阔老爷们的小城，或者说是小镇，比如维格湖上的格洛德岛。

这伙劫匪在奥洛涅茨地区转悠了三年多（直到 1615 年初）。在 1614 年底，沙皇米哈依尔·费多洛维奇给乞哈切夫的别洛焦尔斯克军队发布了一道命令，决定大赦哥萨克军队，要求他们为国家服役，打击来犯的瑞典人，并许诺给他们军饷。哥萨克人答应了，在 1616 年 1 月，他们在集聚点会合（维捷果尔县的梅格拉村），一共有 3 万～4 万人，其中有 74 个首领，他们被收编后归人了诺夫戈罗德、拉多加和奥列谢科地方军。

奥洛涅茨地区的艰难时代就这样结束了。不知道维格湖的格洛德岛的阔老爷们是否也从那里出来，还是有一部分人在那里留了下来，继续抢劫周围居民，也许后来当地人与他们已经能够和睦相处了，再有就是两种可能都有。所有的维格湖里的居民，不论老少，谈起有关阔老爷们结局的传说时都大同小异：

“就在现在果依科村庄的地方（维格湖西北大湖湾里的岛上村庄），居住着农民果依科和他的老伴。有一次，当果依科出去捕鱼的时候，阔老爷们来到他的家里，要求他的老伴拿钱出来，但是老伴没有把藏钱的地方说出来。阔老爷们杀死了老太太。就在这个时候，果依科回家了，他告诉阔老爷们藏钱的地方，并把他们领到那里去。

“阔老爷们很得意，在路上，他们躺进舱里睡觉。老人用帆把他们遮住，把他们带到沃依茨瀑布（即维格湖的北端，北维格河的源头）。那里恰巧有一个山谷和一个叫瑶洛岛的地方。在这个小岛附近，果依科扔掉了桨，抓住一棵树，跳到树上去了，而阔老爷们则与船一起栽进漩涡里去了。”

*　　*　　*

我记得，当人们给我讲述有关阔老爷们的传说的时候，我正好坐在船上欣赏沃依茨瀑布群。据说，这些瀑布的咆哮声在数十里以外的杜勃洛夫村都能够听见。可是由于和我们同方向的风把声音刮到相反方向去了，所以尽管沃依茨瀑布已近在眼前，可我却没有听到一点瀑布声。

那些把我运送到沃依茨附近的水手开始小心靠近瀑布，

他们说，这是顶危险的。但是，就在沃依茨附近的地方，当地有经验的水手主动提议把我运送到瑶洛岛上去。瀑布就从那里落下，阔老爷们也就是在那里葬送了性命。水手们把我带到上面的岛上，正好就在瀑布面前。如果我事先知道这样做有多危险的话，那我宁愿从下面沿着瀑布水势较弱的地方过去，然而，由于我对此一无所知，就这么直接来到瀑布旁边了。

沃依茨村边的维格湖并没有呈现出那种常见的河流景色，水仍然相当猛烈地敲击着石头，咆哮着，到处都可以看到涡流。小船的行进只需要把舵，而不用划桨。在前面的河中心，可以看到一片片水杉，看上去与维格湖里的小岛一模一样。

越来越靠近这个小岛了，已经看不到瀑布，可是越来越觉得到了此行最可怕的危险处了，情况越来越清楚：湖水沿着小岛的两岸倾泻而下，在瀑布之间，小船需要不断向着石头岬角靠近，否则就可能被直接冲到下面去。真想掉转船头返回去，可是已经为时太晚了，水手们算计着每一个动作，现在甚至都不敢随便说话，只要有一个极小的差错，那就全完蛋了。一个人把舵的时候，另一个人就准备好竿子，以便当船靠岸的时候，控制它的方向。船一靠岸，我就带着一颗忐忑不安的心急急忙忙地跳到了岸上。水手们说，他们现在要往下游驶去，在那里他们用双船拉网捕鱼，亦即用渔网在翻腾的水中捕鱼。我一个人待在水杉树丛里的一块巨石上，周围水波汹涌。轰隆隆，脑子里一片混乱！很难集中精力，无法准确地判断出我都看见了些什么。我特别想看清周围环

境，可是好像这个一浪压一浪的浪潮要把我紧紧抓住，带到无底深渊去体会那里所发生的一切似的。

只要仔细观察，你就会发现黑色山崖边奔腾跳跃的水珠并不总是在一个高度上。请你注意看水浪和水柱：它们总是流向寂静的地方。在巨大的黑色石头的悬空部分，水柱在微微翻滚的水中跳跃。每一个水柱都有特色，每一分钟的情况都和刚才不同，即将到来的未来不知道会出现什么情况，真是神秘莫测。

显然，有一种神秘的力量在对瀑布发生作用，每一秒钟瀑布都在发生着变化。可以说，瀑布每时每刻都具有自己独特的运行轨迹。

从瑶洛岛上只能够看见两个瀑布：中间的瀑布硕大无比，但却是悠闲地陡直落下来；右边的瀑布面对着维格湖，翻滚不息，极不安分地跳跃奔腾，它被称为“侧面的瀑布”；第三个瀑布，只有在岸边才看得见，它被另一个光秃秃的石头岛屿遮挡住了，瀑布从这个石头岛后面挂下来，而在瑶洛岛这边却看不见它。人们称它为“磨坊瀑布”。现在，磨坊瀑布在离侧面的瀑布不远的地方，比其他瀑布小得多，森林沿着这个瀑布的走向，往下与索罗库相连接。三个瀑布的水流在瑶洛岛后面的一个凹地上汇合在一起。这个岛在这里看来就像一个相当高的山崖。在这个凹地上维格湖三个瀑布的水流在这个凹处相会，它们就像因彼此相遇感到欢欣一样，是那么奔腾跳跃，飞流直下，之后又向左边高高的岩石山崖冲过去，最后兵分两路，很快汇人宽阔的上沃依茨湖。

在瀑布水流交汇的凹地里，巨大的漂石散布在周围，好看得很。有些石块上还坐着小孩子，正在钓鱼哩。在这个水流湍急的地方，渔夫撒开手中的渔网，打捞着茴鱼和鲑鱼，而在高高的山崖上、松树上，贪婪的鱼鹰正在静候着自己的猎物。

在侧面的瀑布里，尽管水流特别湍急，但还是有一块地方的水流缓缓地拾级而下，这块地方的高度大概有一沙绳半，白海的鲑鱼就从这个地方进入维格湖。据当地的渔夫说，鲑鱼用尾巴击打水面，能够弹出水面 2 俄尺高。当一条鱼儿准备找地方产卵时，它就试图越过瀑布，然后沿着石缝①飞跃而上，最后落到内维格湖里。有时候，鱼儿没有预测准距离，落在干巴巴的岩石上，立即就被鱼鹰吞食了。有一个当地的牧师弄清楚了鱼儿的行动轨迹，便在瀑布口上装上一个木槽，以便让所有跃上来的鲑鱼都落进他的木槽里，但是维格湖里的渔夫要求他马上撤除木槽。

从瑶洛岛登岸或者留在下面，都不那么安全，因此，必须绕过侧面的瀑布那弱而急促的水流。水手用一只被撞破的小渔船当做船舵的把手，使之与水流成 45°角。水流撞击着渔船的船舷，似乎硬要它退回去，但是船终归还是转到另一面去了。水手用桨灵活地、坚定不移地把船从急流中划到了风平浪静的岸边。

在维格河后面，有一个由绿泥页岩构成的相当高的岩石，

---

① 俄国北方称崖壁为石缝。

人们称它为列捷戈拉山，它的后面是长满苔藓的沼泽地，接下来又是一座山，但这座山是滑石片岩构成的。由这里向上便是毗邻着维格湖北角和维格北部地区的银山。

人们告诉我，在这座山的某个山洞里流淌着一股纯银的溪流，而且这个地方只有一位老太太知道，可她现在已经去世了，因此没有人知道这个地方的具体位置。

不管这个传说多么充满幻想色彩，但它毕竟还是有根据的。无论是按照这个地区的地理构造来说，还是根据在不远的谢戈湖发现银矿来说，都可以肯定这个地区有银矿。

当地居民也确信这个地区有银矿。他们说，达尼洛夫地区的隐修士似乎采集到了银矿，用它制作卢布，这些卢布在整个北方地区通用，而且稍稍比政府的卢布便宜。

早在1732年就有一个农民从那德沃依村里发掘到了铜矿矿脉和金矿矿脉。在一边面临维格湖湾，另一边紧挨维格地区的半岛上，1742年开了一口矿井。起初，人们从那里仅仅开采到了铜。但是从1745年起，就开采出了黄金。除了这些金属以外，在矿井矿脉里还有大量的铁矿，但后来矿井废弃了……几乎所有的研究者都认为在我们的北方地区会有大量的矿藏，并预言它将有辉煌的未来。

谁能够在这个拥有森林、水和石头的凄凉之地，在忧郁的水杉和毫无生气的金银宝藏之间生活呢？

或许，芬兰人比其他民族更易于与这种残酷的环境相处，他们能够在湖泊、岩石、树林之间的任何地方安居，他们从容地、顽强地、默默地适应着大自然，同时也在使大自然适

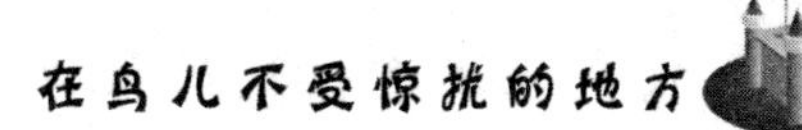

应自己。

但是，事实上芬兰人不得不在此生活，他们原先的居住地被斯拉夫人占领了。他们至今还在一代接一代地回忆自己感伤的过去、曾经有过的快乐生活和骁勇历史。现在，他们歌唱在他们村落里从没有见过的夜莺，歌唱在松树环绕下的绿色阔叶林和水杉树，歌唱宽阔无垠的纯净土地。

可是，任何事物都不可能使这个地区的人满足。它巨大的内在力量是燃烧不尽的。

哭丧女

如果你从来没有亲自到过俄国北方的纯朴文化区域，而只是根据想象来判断这特殊地域的人民，那么，你一旦亲眼看见北方人民的生活情况，一定会感到非常惊讶。在这个地方，人民的纯朴习俗出乎人们的想象，他们的心灵没有受到奴役思想的侵染。

我一到那里，就感觉到，我终于找到了鸟儿没有被惊扰的地方。这里的人纯洁、直率、温柔、殷勤、亲切、自然，这种性格对我们来说已经很陌生了。当你见到这种久违了的东西，现在像幻觉一样重现其本来面目的时候，你的心灵会感到多么欣慰啊！

能够做一个这样的旅行者是很惬意的事情：你能够享受生活，轻轻松松地获得美好的、愉快的心情。为了达到这一目的，我给自己选择了一个相对难走的路程：通过仔细观看一个小而典型的角落，来对这个地方进行考察。不必在一个

地方滞留，而是不停地走啊走，这样你就一定会看到令人愉悦的、多姿多彩的景象。

如果你在一个地方停留、体验一段时间，熟悉以后，你就会渐渐体会到人们细微的厉害冲突。不用过多地环顾四周，幻觉已经消退了，不受惊扰的鸟儿王国就在意识里远去了：这里，人们的生活方式和一般人没有什么不同。

一个村妇偷走了大麦面粉。另一个村妇虽然“心情沉重”，但是她说出了是谁干的。人们押送扛着面粉袋、背着煎锅的女小偷，在村子里示众。人们敲着煎锅，逼她挨家挨户鞠躬请罪，而这时阿库林娜家里也出了问题：丈夫外出做纤夫，而她却在家招待马克西姆克喝茶。长舌妇们聚集在一起做出决定：要看住阿库林娜。对达施卡无话可说，这个“自由不羁”的女人，在村里是独一份的。当然，关于她的劣迹谁也说不出什么来。她在山区的舒尼格工作，她不穿无袖裙，只穿山区人常穿的连衣裙，但她整天在男人身边周旋，而男人也围着她打转，简直让人不堪入目。这件事情人人都看得清楚。问题是，既然她的父亲是个游手好闲、不务正业的人，在漂流木材和出海时也游游荡荡，甚至连他的母亲也……所以，他们的女儿这样也就不足为奇了。大家记得，彼得节那天，为了她几乎全村人都大打出手。船夫戈仁为小船的事情在街上与来订船的人争吵了起来。他们越来越厉害地对骂起来。船夫当众说道：“我可不是你那白拿男人钱的妻子。”争吵于是变得更加激烈。他的老婆不知从哪里拿来棍棒，抡起棍棒就对准那个男人的额头打去。孩子们也加进来助战。大

人、孩子一起参战。石头飞来飞去，这个地方完全乱成了一锅粥。只要你居住久了，就会看见和听见这些事情。在村里任何事情都瞒不住人。所有的人谈论起隔壁邻居的底细时，都是那么津津有味。你听着，听着，就会为一些人感到委屈。

“你们这里有谁没有遭到流言蜚语吗?”

“怎么会没有呢？这样的人有的是。”于是他们开始说起“这样的”人来，这使你稍稍得到安慰。村里还确实有这样的人啊!

在卡列里岛，就有这样一个特别的人——哭丧女马克西莫夫娜。

马克西莫夫娜的情况确实不同凡响。她是一个苦命人。她饱经风霜，身世非常可怜。

在讲述马克西莫夫娜的情况之前，我应该交代一下我所知道的关于哭丧女及其职责的情况，因为马克西莫夫娜是一位在整个维格湖有名的哭丧女——一位以哭丧为职业的女人，或者说是帮着别人哭丧的女人。

* * *

在俄国北方，当你熟悉了人们的信仰、入坟前的哭泣和葬礼之后，你会感觉到自己正突然置身于斯拉夫异教徒的人流中。这里的很多特点都说明了他们的情况，例如，在伊林节的时候，在阿尔汉格尔斯克和奥洛涅茨州的很多地方，人们在教堂前面宰杀公牛时，一个妇女看见了一个年轻女人，就会说：“这是哪只可爱的小蝴蝶在飞啊?”就像人们说起小鸽子、小鸭子、小兔子和小白鼬或把人与动物交替比拟的时

候，可明显地看出信仰的痕迹来一样。在这里，公墓的情形也显得有些别具一格：几乎看不见十字架，但是却可以看到每个坟墓上摆放着的一把铁锹和一个在普通的炉子上用的瓦罐，瓦罐旁边还铺着一层煤。提到这里的哭丧习惯，在我们的眼前立刻就展现出一幅人类心灵的极具深度和诗意的图景。当身边的亲人离去时，活着的人的心中不由得流露出对亲人的真情实意。正因如此，了解哭丧对于了解当地人们的生活也是很必要的。

在这种哭声中有着一种庄严的悲剧意味：这是生存与死亡的搏斗。这不是间接意义上的搏斗，而是一种真正的战斗，因为对于异教徒来说，死亡的概念与基督教的不同，它不是平静和快乐，而是最大的敌人。

死亡到来之前，首先出现了象征这个巨大而又不可战胜的敌人逐步逼近，且令人恐怖的标志。草棚顶上有一些鸟儿歇在上面：雕鸮、乌鸦或者猫头鹰，它们像野兽一般“呜呜”地叫着，像蛇那样发出“嗞嗞”声。活着的人准备与它们进行斗争，准备用尽自己所有的精力，只要能让所爱的人从死亡边缘走回来。但是凶狠的杀手悄悄地临近了，像年轻的媳妇那样沿着台阶走来了，像大姑娘那样走在干草上了，像乌鸦那样飞来了，或者像朝圣者那样轻步而来了。最后，人们在永恒的敌人面前无可奈何，垂头丧气。他们能做的只有乞求开恩，与死神做交易，还有什么没奉献出来呢？珠宝饰物、丝绸巾帕、镀金马具、金银钱财、彩色服装和喜欢的家畜。但是，死神或者说命运的判官，却是铁石心肠，甚至以别人

的痛苦为快乐，幸灾乐祸地拍着手，以令人恐怖的声音和致命的打击使人丧命。

一些自古以来就有的民间信仰在俄国北方保留至今。伊·巴尔索夫说道[①]：一些人长久以来，一直作为古老葬礼仪式的代言人，作为哭丧者，他们在当地远近闻名。在这种情况下，他们几乎获得了人们的崇高敬意。在对死者尽义务方面，人们由于失去亲人而深感悲痛，而在清醒的思考中又寻求解脱，并同时希冀把逝去的亲人长久地保留在心里。哭丧者就具有这方面的天赋，他们能够生动地把握、保留并直接表达古老而神圣的仪式内容。时间和历史不断地磨损着哭丧的内容，但却无法使存在于哀歌中的清新气息和人性的生动失去力量，无法彻底消除它们对人的心灵所产生的作用。哭丧女主要的职责是倾吐家庭的痛苦。她完全融入了丧失亲人的痛苦心境中，她想他们所想，体验他们的内心活动。她越是对各种民间说法和古代史诗形象具有丰富的积累，越是能够描述出更多人的思想和人性的活生生感觉，越能够使她的哭丧令人感动和使人得到安慰，同时她也更能够在人民中间产生影响和受到尊敬。有时整个村的村民都聚集在一起向死者尽自己的最后义务，因此如果我们认为哭丧女只是在演绎别人的痛苦，我们就无法确定哭丧女哭丧的全部意义。哭丧女的影响非常大，她高声地转达丧失亲人的人对死者的眷念之情，向周围的人显示出一股精神支柱的力量，她宣传生活

---

① 我们在这里摘录的是伊·巴尔索夫著的《北方地区的哀歌》的前言。

的道德规则，公开地讲出由家庭和社会生活中这种或那种情况引发的思想与感情、好感和恶感。

* * *

我与哭丧女马克西莫夫娜是这样相识的：有一天夜里，我无法入睡，一个外来人在这里遇到如此明亮的夜晚——就是坐在离窗户很远的地方都能够清楚、自如地读书写字，我实在是无法习惯，更不能正常入睡。我记得当时我感觉到天上有一些条带样的东西在发亮，这些条带很像彩虹。我对这种现象很感兴趣，夜晚 12 点竟然有彩虹！我走到窗台前，开始四处张望。这个现象是我无论如何也无法破解的，但是事情还远不止于此。当我从窗户里向外观望这些闪亮的光带的时候，下面的一阵清晰的谈话传到了我的耳朵里。两个妇女在对话：

“有一次我偶然看见了他。”

“哦，他看起来怎么样？”

“他看上去像我的主人，也穿着红色的衬衫，大胡子，个子很小，手里拿着一盏松明灯。”

“那你是在什么地方看见他的呢？”

“在棚子里。”

“啊，这么说来他不是家庭主人，而是庭院主人。家里的主人没有来，只有在梦里，或者当你疲乏极了以至于忘记了他的时候，才能见到他。我的丈夫去世后，我只梦见过他一次。那时，我作为神甫太太，在坟墓上哭着。我如此用力地号哭着，全身在发颤。就在这时候，他在我面前出现了。我

开始流泪。家人们发现了，但是他们不知道究竟发生了什么事，他们以为我是在怀念丈夫。我虽然这样悲痛地哭着，但我仍然走进棚子里去给奶牛挤奶。那里漆黑一片，静悄悄的，孩子们全睡着了，只听见炉子旁边的老头儿——那个过路的陌生人在唉声叹气、在呻吟。我想把松明灯点燃起来，但是不知为什么总点不着，我便躺在长椅上准备入睡。我也不知道自己究竟睡着没睡着。我听见门打开了，进来了一个人，他走得越来越近，我连一点声音都不敢发出，我看见一个人站在我面前，光线很暗，我无法仔细辨认，只听见沉重的呼吸。他向我弯下腰，握住我的手……毛茸茸的！”

“你是说，他的手毛茸茸的?!”

“是的，我的妈呀，毛茸茸的。我呼叫起来：‘大爷，你从炉子边下来吧！’他说道：‘你怎么啦，孩子?’这时我哭了起来，我说：‘我不想死。’然后我又胡说道：‘大爷，你为我死吧。’他说道：‘我倒是很高兴为你死，亲爱的孩子，可是，这是上帝安排的。’”

我向窗外看了一下，又往下看了一下下面说话的两个人，她们发现了我，停止了对话。第二天，我们的房东领我们到马克西莫夫娜家里去，想听听她的哀歌。我认出女主人就是昨天夜里说话的人。这是一位个子不高的老妇人，一双明亮的、深深的大眼睛，透出一层难以遮盖的淡淡的忧郁和痛苦的神情。一大群孩子围绕在这位温柔的老太太身边。孩子们有的坐在长凳上，有的钻到长凳下面，有的待在地板上，他们抓着老太太的衣裙边，从她的背后张望着我，三个躺在摇

篮里的孩子尖叫着。我以为所有的孩子都在这里了……可是，仔细一看，炉子旁边还有一群全身赤裸的孩子在灰烬中爬来爬去，再回头一看，那边还有……

“喂，马克西莫夫娜。我给你带客人来了，他们要听你唱哀歌。”老人说。

“欢迎光临，欢迎光临。亲爱的客人，可是说到唱歌，我年纪太大喽。”

我们似乎使她中断了正在做的事情。她坐在离我们较远的一个小凳子上，开始哭着唱哀歌……我感到不好受起来。老太太脸上滚动着眼泪，显露出她的真正的痛苦，那么朴实，那么美好。

我回头看了一下老头子，他也在哭，透过眼泪他不好意思地微笑着，感到罪过似的对我悄声地说：

“我忍受不了她的哀哭声，我一听，就好像自己也在哭了。在家里，只要妇女们一哭，我就把她们赶出去，我忍受不了……”

屋里的妇女们都在哭，年轻人都有点不好受地把身体转向角落。我也很不好受……要是我知道，平时的哀歌也能够唤起如此沉重的感情，那么，我肯定不会请马克西莫夫娜当众唱哀歌了。可是，现在她唱啊唱啊……

听到孤孀向已故丈夫的哭诉后，我明白了，诗节里短暂的停顿更能够唤起忧伤的感情。唱了几句后，马克西莫夫娜停顿了一下，呜咽了一会儿，又继续唱起来。不用说，歌词的意义很多。马克西莫夫娜的哀歌是典型的民间诗歌作品。

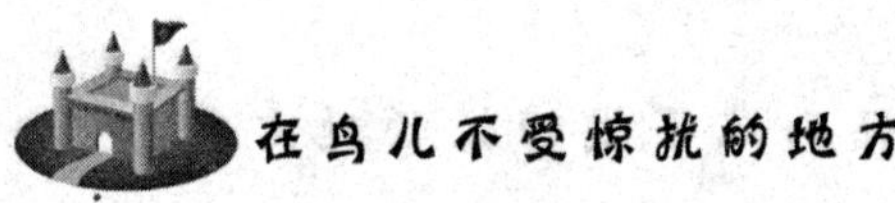

这就是其中的一首：

寡妇的哭泣

就像不幸降临白色椭圆形铺子一样，
不幸也突然落到我亲切可爱的家园，
落到亲爱的结发人和一家之主头上，
我的亲切的、可爱的家啊，请听我讲，
就在这刚刚黎明的早上，
我的火热的心在寒冷中饮泣，
突然一只雏鸟飞到我跟前，
在陡峭、细长的树顶盘桓：
“可怜的无家可归的孤儿寡妇，
你怎么整天卧床不起？
是不是遭受了极大的不幸？
你看，在绿色的葡萄园里，
有编织好的温暖小巢，
有砌好的温暖的炉灶，
有明亮的雕花窗子，
有白色橡树桌子，
镀锡茶炊里的水已经煮开，
陶瓷杯里已经倒满开水，
亲爱的家人正在把你等待。”
多么可恶的雏鸟啊！
它居然把我这个可怜的寡妇欺骗，

全然不顾我的痛苦和悲伤。
它说在那已故人儿的坟墓边，
已建筑起一座精美的木制楼房，
弯曲的白桦树已经长起来了，
可是我的结发人已经等不到我了，
看来，我最大的愿望已经落空……

不管无家可归的孤儿寡妇怎么想，
条条小溪依旧飞快地奔流，
这些涓涓细流在往前奔涌，
和宽阔大湖一样涌向前头，
白色的小冰块也在随波逐流。
我找到一条寻常可见的小道，
沿着小道攀上那高山峻岭，
我在奔向我那已故的亲人，
哪怕细细的枝叶紧紧地缠着我，
哪怕粒粒黄沙要迷住我的眼睛，
让新修的木板棺材裂开吧，
把白色的盖尸布掀起来吧，
让我看看我深深爱着的亲人！
你就跟我说一句悄悄话吧，
我的晶莹剔透的蓝宝石般的亲人，
你跟我说说话来排解我的忧愁吧！
尽管冬天的黑夜就要来临，

我要拉着那些亲爱的孩子，
用貂皮的被子包裹他们。
当我看到这成群的孩子，
巨大的悲痛更加深了我的烦恼，
我看着这明亮的雕花窗棂，
就像看着隆隆响的高高山岭，
啊，我的亲人再也不会回来了，
我将如此孤独地度过我的青春，
这样的时候是不会过去的啊，
在痛苦地流泪中度过我的青春。
……

马克西莫夫娜并不是一下子就成为为别人哭诉痛苦的哭丧女的。为了了解别人的不幸，必须亲身去体验各种痛苦。马克西莫夫娜说："我从自己的痛苦中学会了体验别人的感情。我受过委屈、打击、失败，并从中学会了很多东西。"

事实做了说明，纯朴的人不愿意张扬自己的天才。马克西莫夫娜在当地已经无可置疑地被公认为有才能的人。在维格湖畔的姑娘中，她是"最具歌唱天赋"的人。还在年幼的时候，她就熟悉所有的摇篮曲，她一边摇着小孩子的摇篮，一边唱着那些歌谣。后来，生活把马克西莫夫娜的纯真的娱乐儿歌变成少女歌曲，接着她开始唱姑娘出嫁时婚礼上的哭别曲、寡妇哭故去丈夫的哀曲，最后，她就成了现在的哭丧女。她的一生很值得我来做一番描写。

马克西莫夫娜出生在维格湖附近的乡村墓地旁的草坪上。她的母亲在临产的时候，正在自己的草地里割草，当时，她扔下镰刀，抱住了松树树干，便生产了。她把孩子包在裙子里，带回了家。

马克西莫夫娜还记得小时候的事情：在恬静的美景中，在节日里，她到森林里去采野果。她母亲带她去捕鱼，用水舀子把漏进破船里的水舀出去。她还记得母亲出去割草的时候，她在家里摇摇篮，那时她才 5 岁，可是肩上已经压上了所有家务。她用黑麦面粉熬粥，煮牛奶，打水，喂更小的孩子，并整天给他唱摇篮曲或哄他睡觉。马克西莫夫娜印象最深的是到森林里去采云莓果的事。采云莓果并不是消遣，而是一件正经的事情，因为云莓果是可以当做面包和鱼一类食物来食用的。当她采集到很多云莓果的时候，她就把它们埋藏在沼泽地里。它们可以在那里一直保存到冬天。当小姑娘们在森林里采集云莓果的时候，她们都尽量不和母亲离开得太远，因为跟西斯科可不是随便可以开玩笑的！对于西斯科的存在和它在森林里的魔力，马克西莫夫娜没有丝毫怀疑。

马克西莫夫娜讲过这样一件事情：一位大婶的几位闺女来到熊岛采云莓果。她们很久没有回来，于是大婶就说："魔鬼不会把采果子的姑娘们带走吧?"姑娘们那时已采了一篮子果实，来到了林间谷地。她们看见一位老大爷正站在谷地里，等待着她们。他说："姑娘们，跟我来。"她们便跟在他后面。老大爷把她们领到各种僻静的地方，有的地方树枝高过了肩，有的地方树枝稍低些。姑娘们刚要祈祷，他马上就对她们说：

“你们在咒骂什么！停止吧！”最后，他把她们领到自己家里，带到自己的孩子跟前。这是一个八口之家。他的那些孩子看上去又黑又瘦，样子可难看了。

后来，人们才发现姑娘们不见了，他们找了很久也没有找到，只好到列克苏隐修院去找巫婆询问，巫婆也好长时间没有猜出。就这样，这些姑娘们在森林里的一个猎人那里待了 12 天。在那里，她们虽然有的是东西吃：兔肉、松鼠和牛肉，但姑娘们还是非常痛苦，她们身心俱疲，看上去只比死人多一口气。

马克西莫夫娜记得很多事情，但是西斯科恐吓她的时候，她什么也说不出来。

在孩子圈里，马克西莫夫娜从 10 岁起就被称为“歌手”，按城里的说法，就是罕见的天才歌唱家的意思。卡列里岛里伊尼克村或其他村每年筹办一次坟边祭奠仪式，这是各个村庄年年都有的一个节目。马克西莫夫娜总是合唱队的第一人选，独唱、对唱、六人合唱和循环唱，她都在行，而且，她唱的不是现在人们所唱的快速、简短的歌曲，而是真正的古时的优美歌曲。选择对唱伙伴的事情办得极为机密，可是在这个地方又能够躲得开谁呢？每个村庄，每逢节日，都在流传着有关的消息。不仅孩子们对此极为在意，而且，母亲们也到处打听这些情况：为什么加夫里洛和马克西莫夫娜并排站在教堂里，他们为什么一道表演？后来，孩子们不再听信流言。加夫里洛从马车上向大家挥手致意并往草地上抛发糖果。就这样过去了一年又一年，年年如此。

马克西莫夫娜成了众所周知的美女了。加夫里洛和马克西莫夫娜这一对理想搭档已经有了一些生活体验。加夫里洛听说“厚嘴唇的黑琴鸡”派了一些媒人到马克西莫夫娜家里来了。他一听说此事，就立即坐着小船到墓地去了。晚上他就一步也没离开马克西莫夫娜。可怜的姑娘都哭成个泪人儿了。她怎么能不哭呢？她可是第一美人啊，偏偏碰上这么一个脸上有麻子、嘴唇又厚、外号叫“黑琴鸡”的、年纪又那么大的未婚夫！

“如果你不嫌弃我，”加夫里洛说，“就等着我，一直等到春天，那时我一定娶你为妻。我们家没有别的劳动力，与其雇佣一个女工，支付她工钱，不如让自己人来干，而且自己人不会跑掉的。”

“我不知道，”马克西莫夫娜说道，“如果我们私自决定这件事的话，妈妈不会相信你的，她会把我嫁出去……”

加夫里洛沉默了。

当马克西莫夫娜回到家的时候，她已坚定了自己的态度：现在决不出嫁，决不嫁给“黑琴鸡”。

“我知道，”母亲说道，“你盼望嫁给加夫里洛。可是，无论你怎么盼，却只能永远待守闺房。我为什么就得把你养起来？奥丽嘉的母亲把她养起来，还给叶戈尔煎鸡蛋……女婿，女婿……可是女婿娶了别人，所以奥丽嘉只好嫁给了一个鳏夫。”

马克西莫夫娜仍不屈服。

“难道我还会是她的敌人不成？”母亲边想边穿上短毛大

衣，到卡列里岛的拉久申家去。她坐船一直坐到晚上才到达那里，那时拉久申一家正在吃晚饭。

“吃面包吧！请赏光，请坐。让我们谈谈吧。”

“谢谢，我在船上吃过了，不想吃了。”

“不要紧，面包会很快消化的。”

她坐了下来，不时悄悄地上下打量着加夫里洛，招手向他示意。

加夫里洛明白了，过来帮她把篮子拿到船边去。

“你为什么要我们家的马克西莫夫娜干等着？要么就趁热打铁，叫媒婆来……你认识奥丽嘉吗？这样做是不行的。你想娶马克西莫夫娜的话，就应该祈求主，对吧？”

加夫里洛从此沉默了，他不言不语，不吃不喝。家里人很快发现了这个情况。一天晚上，母亲走了过来。

“你为什么睡不着？”

“妈妈，蚊子在咬人。”

“可是，以前为什么没有蚊子咬呢？我知道，我知道，你在为谁唉声叹气。要把情况告诉爸爸吗？

“我害怕。”

“怕什么？我们现在还活着，可是天知道，明天会怎么样。你们要活下去的。还是由我来说吧。”

父亲同意了。

幸福降临到马克西莫夫娜头上：她可以按照自己的意愿嫁人了。

* * *

这就开始了婚姻仪式——马克西莫夫娜把所有细节都给我讲了。完全是按照诺夫戈罗德城的民俗办理的，由教父去请了媒婆。尽管一切都已经安排妥帖了，可是未婚妻的父母还是没有立即答应下来。他们说："请让我们仔细考虑一番，眼见就要成为亲戚了。"

第二次，媒婆又去了。第三次，未婚夫也被媒婆带着一同去，举办击掌订婚仪式，并要为此喝酒。人们布置好餐桌，放上面包和盐，在圣像面前点上蜡烛，挂上毛巾。向主做过祈祷后，大家开始为他们订婚干杯。

这时，马克西莫夫娜已经学会唱婚礼歌，会"唱诗"了。她甚至感到唱婚礼歌是出于她本身的需要，歌词自然而然地涌现在她的脑海里，而实际上，是她不知不觉地、年复一年地经常倾听别的新娘唱歌而潜移默化地掌握了这一技巧。正如马克西莫夫娜自己想象的那样，很多东西都不由自主地从她的歌声中流露了出来。

首先，她对着父亲哭着唱道：

你的小鸟就要变得不再自由了，
在一座橡树下的小桥上，
我那伤心的眼泪，你不要再流了，
往日的红晕已不出现在我苍白的脸上……

她哭成了一个泪人儿，感谢着父亲的养育之恩，为给他

带来的烦恼道歉，感激他的极大恩情，请他不要为她难过，“特别的痛苦难以言表”，他曾经给她买“天蓝色的花衣裙”，把她打扮得漂漂亮亮，去参加城市的大主教节。现在她请求父亲不要怜惜那能够快速飞奔的马，并把所有的亲人都带到白色橡木的餐桌前吃告别宴。

几乎有一个星期，马克西莫夫娜都在招待大家，或者亲自登门到所有的大嫂、姐妹以及邻居家里去唱歌。只要她一到他们家，就立即会有茶炊准备好，桌上摆满了所有能够弄到的蜜糖饼干。她在各家坐一会儿，聊聊天，告别的时候，便唱起“小调”来：

请允许我在婚礼上眼泪畅流，
我就要告别我那宝贵的自由。

马克西莫夫娜到各家都去过以后，突然想起自己过去最要好的一个女友，可惜已经去世，于是她又忍不住唱起来：

你像冷风中细细的树叶那样盘旋，
你从那寒冷的北方来到这个地方……
朗朗的歌声飘落，身陷枷锁的囚犯，
归来吧，我那面如桃花的美丽女伴……

但是时间一小时一小时地过去，未婚夫家的男伴来催促了。他们一来就说：“上帝恩赐，你活得还好吧？所有的基督

徒们，过得都好吧？”

“感谢光临，请进来，坐一会儿吧。”

他们坐着，休息着，主人招待着这些来客，但他们说道：“我们没有工夫闲待着，能不能尽量快些？”

人们告诉他们：

“喂，宽容一点吧，让我们能够多待一会儿。”

这时，新娘与父亲、母亲、兄弟、女朋友们告别，最后与自己那位头发淡褐色、眼睛有些斜睨的漂亮女友道别了。早晨，是她的女友用歌声叫醒她的，女友向她预告了不容乐观的前景：

你为什么还能睡着呢，傻白天鹅，
可怕的未来在等待着你，
你就要开始过为人妻子的生活。

早上刚一醒来，她就要求人们帮她从维格湖中端来清新微冷的湖水。可是，这端来的水却含有沉淀物和褐色水锈。女友们从流速飞快的小河里给她弄来了水，可这也是不幸的水。最后，从浓密的森林里的深井里弄来的水才是幸福的和有力量的。

马克西莫夫娜要求母亲拿来一把梳齿较密的梳子，给她在头发间分出一条路，并用丝带把淡褐色头发扎成一簇。

对姑娘来说，这是一生中最亲切和最受重视的时候，要打扮得漂漂亮亮。

父亲、母亲、兄弟和其他的亲人都聚集在这里。新娘打扮好了，脱了外衣，向“一座橡木桥上”走去：

祝福我吧，亲爱而可怜的爸爸妈妈，
我就要到那编织好了的温暖之乡去，
我就要告别那自由美好的少女时代。

新娘唱了很久。她询问了一切，问要把她的自由投向何方：使自己变成小兔子呢，还是漂流的小鸭子？让自己被挂在椴树杆上，还是在木桥边的葡萄园里？但是她已经不能按照自己的意志来安排生活了，她现在只能把自己的意愿说给女友听了。

在举行婚礼的那天早晨，来了一大批人：未婚夫、他的父母、婚礼上的司仪等。女友们用婚礼歌曲迎接他们。

所有的人都各就各位：近亲坐上排，远亲稍稍远一些。司仪向傧相们转过身来，用手杖敲着栏杆说道：

“主啊，赐福给我们吧，我们正是为此而来。”

傧相们对新娘说：

“在路上天气降温了，马车飞一般奔驰。”

最后，马克西莫夫娜出来了。她把托盘里的手绢递给“公爵”，而他则给了她钱、肥皂、镜子和梳子。“出卖”新娘的仪式开始了。娘家人开始为她要钱，讨价还价，并声明：为了支付她的吃喝穿着，他们花费了很多。他们终于把马克西莫夫娜给卖掉了，还诉说了一通。最后，父母把年轻人扶

上雪橇，向年轻人做了特别的祝福，还帮他们穿得暖暖和和，然后带他们到教堂去举行婚礼。

婚礼结束后，就像在威尼斯一样，大家坐上船，向住在卡列里湖的新郎家里划去。在那里，人们给新婚夫妇头上撒麦种，为他们祈祷，祝福健康，然后坐在桌子周围。在这里，人们面对面地坐在一起。接着婚礼宴会开始了。人们喊着“主啊”，要他们亲吻，干杯，然后把钱放进高脚杯里，最后，向导带他们去睡觉。当着大家的面，年轻姑娘给公爵脱去了靴子，公爵则给她往靴子里放上了钱……

早晨，澡堂里生好了火，向导把一对年轻人领进去。对于一般人来说，一切到此为止了。但是，对于这一对年轻人来说，一切都还刚刚开始。

* * *

全家开始在一起生活，一起相处。在长子之后，家里又给另一个儿子娶了妻子。这样家里一共就有三对人了。人们责备邻居老头，说他只是从外表上选择姑娘，而实际上并没有看到她的性情，可最重要的就是性情。姑娘从外表上看来似乎还好，可是只要一细看，就会发现她把公公头上的瓦罐给打碎了。为什么？因为她本性狡猾，贼头贼脑。

做姑娘的时候，她们都显得很好。每一个姑娘都想着出嫁，所以都把自己打扮成温顺的姑娘。以后人们却品味出不同的味道来。

当人们给她在头上扎上鹿角的时候，她说道：“现在我的头被蒙上了，我谁也不想去认识了。”

当父亲还在世的时候，兄弟之间就因为婆媳问题产生不和了。旁观者说："老头根本没有必要修造一座大屋，他们不可能和睦相处的。"

老头去世了。老太太似乎预感到不幸，她哭得死去活来。现在她怎么能够维持这样一个家庭呢？现在唯一的希望落在加夫里洛身上，父亲的权力转移到了他的肩上，也转移到了长媳肩上。

兄弟们还可以在一起生活，媳妇们却在暗中嘀咕开了：

"我们家的恶人已经离去了，土地给他弄得一团糟，他不工作，却要支配家务。现在我们总算看见了天日。什么时候这条母毒蛇死了就好。"老太太清楚，她无法对付这些人，便把家务交给了马克西莫夫娜。马克西莫夫娜还在葬礼时就唱道：

在门里你将是管理家门的人，
在院里你将是管理院落的人，
在锁边你就是把握钥匙的人，
在家里你就是管家务的主妇。

在这个家里，主妇要管的事情可真够难的，因为家里的人都各怀心思。她对各种家务琐事倒是习惯的：早起、生炉子、叫醒大家、分派工作、在各个意见不一致的人之间进行协调，总之忙个不停。可最为难的事情还是处理好各方面的关系。不管是去捕鱼、去草地割草，还是去准备过节物品，你都不可以随意处理。需要先暗地里探寻清楚，谁在想什么，然后才能够因人而异，给予合适的建议。但是人是活的，多变的，一次顺利，二次顺利，并不等于每次都能够顺顺当当。这时小儿媳出现了，她把全家搅得鸡犬不宁。她对所有的人都不满，什么事情都不做，只会瓮声瓮气地指手画脚。她总是用各种理由来刺伤长媳，说什么长媳有六个孩子，那就要占用六个人的口粮。最后马克西莫夫娜忍无可忍了：

“唉，你真是个小人，我们曾经把你从饥饿中救出来过。”

小儿媳说道：

“可是我没有请求过你，我没有站在你的家门口乞讨，现在我和丈夫两个人，而你们却是六口人，吃六份饭菜哩！”

小儿媳说的时候，其他人都沉默不语。日子过得一天比一天糟糕了。一次全家人到草地割草，马克西莫夫娜像往常一样带了一根手杖，她用手杖把活儿分成六份，叫每人各干一份。

“瞧，”小儿媳说，“这就是你的六份活儿，因为你需要六份饭菜。”

“你怎么敢这样，莫非要我把你的一份都割了。”

大家心里都在想：“无法再生活在一起了。”

回到家里后，全家人一声不响地坐下吃饭。似乎暴风雨就要来了。大房的米沙把勺放到耳朵边，小儿媳立即拍了一下他的手！这一下就把全家搅得不安起来。大家争吵着，大喊大叫，乱成一团，谁都不肯散去。有的人拿着火钩，有的人拿着棒槌，还有的拿着刀。

“你过来!”

“不，你过来!”

“你敢碰我?”

“你敢吗?”

马克西莫夫娜那时正在看牛，听到屋里有叫喊声和吵闹声，便往屋里跑，只见门紧关着，她明白了是怎么回事，便扑向木柴堆，抱起一捆劈柴，把劈柴掷进窗户里去，把男人们赶了出来。

情况通常如此：两三个人结成帮与另一个人打闹起来，然后这两三个人又各自分成帮派。据说，只要孩子的摇篮被扔出窗户一次，那么摇篮里的孩子就会变成歪舌头。坏事真是五花八门。

终于，大家决定要分家了。

大家分了咸鸵鹿肉、黑麦，等份称了面粉，还分了牲口、干草、麦秸、瓦罐……只有房子没有分：因为冬天无法盖房。从此，一家人分为六个小家，开始在一个屋檐下生活。加夫里洛一家安顿在一个墙角，另一个角落是谢苗诺夫一家，第三个角落被炉子占用了，第四个角落是圣像座。其他四家住在墙边的长凳上，或者床上，一个角落用一张帆隔开，他们就准备这样度过冬天。

从表面看来，情况似乎很令人伤感，这简直就是一幅四分五裂的忧伤图景。然而，这不过是外表而已，从实质上说，这样做大家倒是感到更幸福，对未来更有信心，因此，即使是对自己的景况最心满意足的邻居，对这里最不起眼的事情

也感到妒嫉，这勾起了他们的心事——他们也有世俗的烦恼。

幸福！多么幸福啊！午餐更是表现幸福的时机，六位父亲中的每一位现在都是有权的大人，他们抚摸着胡须，在床上等待着自己那份专有的瓦罐。以前，一般都由长媳把肉切开，在瓦罐里分割，而现在每一个丈夫都可以想怎么吃就怎么吃。母亲们也很满足，她们可以把切好的肉骨头给心爱的米沙或者谢廖沙大啃一通了。

以前任何人都不愿意去湖边放牧，而现在所有家务都变成大家抢着干的美差了，每一个女主人都自豪地去尽自己的义务。邻居们都感到很惊奇，很好笑。

一天，几个孩子坐在床上，床下放着瓦罐和发面盆。突然从隔壁跑进来一只猪崽，直奔床下，把瓦罐打翻并掉到发面盆里去了。一个媳妇进来，用鞭子抽打猪崽，猪崽的女主人进来为猪崽辩护，尖叫声、吵闹声、叫骂声混成一片。

现在炉子边也发生了许多不愉快的事情！以前就在炉子里放两块铸铁，做粥、做汤，这些事情都由长媳一人处理。可是现在炉子一天要煮十二个瓦罐的东西，炉子边要站六位女主人。这里怎么能不发生矛盾，不弄得一塌糊涂呢？

但是，这一切不愉快的事情很快就成了过眼烟云，一闪而过了，就像明亮平静的天空里偶然吹来了一片片叶子。春天就要来了，家里所有的人都过着悠闲自在、心满意足的生活。

春天到来了，各家都开始建造房子。一个夏天，卡列里岛上就多出了五个新院落。大家都开始按照自己的方式过上

了独立、如意的生活。只有一些马还依旧照老习惯在旧院落里来回溜达。

* * *

分家后不久，新的生活刚刚安排妥当，加夫里洛就因遇上沉船事故而离开了人世。马克西莫夫娜年纪轻轻的就成了寡妇，带着“一群添加得过快过多的孩子”，过起没有男人的生活来。从那时起，她在生活中就尝到了各种各样的辛酸苦辣。

每当她唱起丈夫来，她就不能不痛苦地陷入痉挛、颤抖，声音变得嘶哑。人们把她扶起来，给她揉搓、灌牛奶，把她救过来，她又重新唱起挽歌来。最后，人们决定把她搀扶到丈夫的棺材旁边，按照当地的风俗来帮助她。

“人们把我搀扶过去时，”现在马克西莫夫娜向我们讲起当时的情况，“我只能用脊背支靠在棺材上。我支撑着，嘟哝着说：‘到我这里来吧，回来吧。’我记得当我最后一次与他告别的时候，我一再吻他那光滑冰冷的嘴唇，泪流满面，不由自主地低声说道：‘到我这里来吧，来吧。’他就向我走来，他总是这样，甚至不管他自己愿意不愿意。我每个星期天到他的墓上去唱哀歌，有一次，我唱完后，在想象中给丈夫穿上皮衣，也给自己穿上暖和的衣服，因为我每次唱完后就身上发冷、颤抖。我打算去弄一些干草来。当我刚到干草地，突然有人把我带进一辆大车里。我一看，我的丈夫穿着修士的衣服，对我低声说道：‘放我走，放我走，别喊叫，我不是死人，我还活着。’我想，那时候我开始清醒起来，心里感到

难过，心灵在颤抖，似乎有人在剥我的皮。这时森林里发出一阵‘咕咕’的号叫声（雕鸮的叫声），狗也在狂吠，这一切都是森林的力量——激情的表现。在雪地里，所有的库班人都在奔跑。我对儿子喊道：‘米基图施卡，到我的大车里来！’我们一起坐在大车里，我能看见丈夫，而儿子却看不见他的父亲。我不敢说出这情况，不然小家伙知道了一定会害怕的。我想，让我把儿子拉上车吧，否则他会掉队的。我刚一开始拉，就摔了下来。就这样，我失去知觉，在地上无声无息地不知躺了多久。人们用雪给我搓揉，用茶喂我，把我放在炉边，我才苏醒过来。”

就这样，从自己的痛苦中，马克西莫夫娜学会了唱哀歌。她开始到处去唱歌，不仅唱哀歌，也在婚礼上做伴唱。

哭丧女的命运通常说来就是这样的，或者说和这相类似。在维格湖畔，我认识几个这样的哭丧女。她们都是寡妇，性格忧郁，她们的痛苦也和马克西莫夫娜相似，但是健康而又机智的乌斯基尼娅大娘却以她的轻松和乐观使我惊奇不已。为了唤起她的职业竞争意识，我在她面前夸起马克西莫夫娜来。

“这么说来，”她探问道，“她真的在你面前说过她哭丈夫的事情？可是，哭丈夫容易得很。她也该哭一哭孩子或者父母亲啊。”

微笑的老人娘乌斯基尼娅开始严肃起来。原来，她亲爱的儿子二十年前就死了，她哭了他八年。她在向我讲起所有的歌曲来很简洁，甚至有点冷漠，哭丈夫、哭父母亲和哭婆

婆在她看来全都没什么差别。可是只要说到儿子，她便立即号啕大哭起来。

在见到马克西莫夫娜后，我把乌斯基尼娅的话告诉了她。可是，这位极其善良、毫无嫉妒心的哭丧女却热烈地拥护乌斯基尼娅。

“所有的妻子哭丈夫的时候，”她说，“都是竭尽全力来哭，而哭儿子的时候，却是用心来哭的。亲生母亲哭儿子的时候，会哭到棺材和坟墓边；妻子哭丈夫一直哭到再嫁新丈夫；亲生姐妹哭起兄弟来，就像草上的露水，依依不舍。”

渔　人

大家都在维格湖地区捕鱼，因此几乎所有的居民都在湖畔或河畔安家。维格湖人是真正的渔人。渔猎是他们的主要活动。卡列里岛在这一方面是最典型的，那里非常贫困，凄凉的景象令人感到压抑。整个岛上甚至没有树木，到处都是水和石头。在石头岸边可以见到二十来条小船，晾晒着一些公羊皮渔网，一个头发蓬松的人在忙碌不停。此外还有一些遮风挡雨的发黑的草棚、栅栏、环绕着小教堂的一棵棵云杉，这就是这里的全景图。我不由自主地想到：难道这里也有财产分配的不公平以及嫉妒、仇恨和自私么？当地人为了说清楚这一问题，给我做了介绍。他们数着澡堂，如果澡堂不多，就意味着大家相处得不错，如果多，那么就不好了。人们甚至发现，居民数量越少的地方，澡堂数量却越多。如果一个地方只居住两三户人家，那么每家必然都有一个自己的澡堂。

在这严寒的季节里，人们喜欢独居，不断探寻着更新、更好的地方。他们带着自己的家人迁居到某个临近森林的湖边，生活在由森林、水和石头构成的纯朴气氛之中，并不停地劳作。他们与农村之间的联系并没有隔断，那里有他们的亲戚以及所有亲近的人。他们甚至无须考虑与农村隔绝的问题。他们把新开的林中小地也称为村。林中小地建成后，他们便安顿下来。渐渐地在这座房子周围出现了第二座、第三座房子，出现了同样名称的小村庄。比如，维格湖边的卡依巴索沃村，在离它不远的地方又有一个卡依巴索沃村，如果在森林里仔细寻找，也许还能找到一个卡依巴索沃村。这也许就是一块新开垦的地。在北方，人们都分散居住，一两座房屋构成的村庄极为常见。可是，维格湖上的这些小村庄的人们联系却很频繁。我在卡列里岛上住下来，感觉到自己好像生活在波韦涅茨和波莫里耶之间的广阔空间里。

毋庸赘言，从谈话中就可以得知卡列里岛的整个底细。到彼得节的那天，这里聚集着来自捷列金纳和达尼洛夫村的人们，甚至还有来自“林涧深处的”普洛采尔村和西佐采尔村的人们。北方人给自己制定了合理的规则：日常生活中远离众人，节日里则与众人团聚。当然，那些单独居住的人远比聚集在一个村落里居住的人能力大，因为单独居住的人无法不劳而获，而在村庄里，人们在吃喝方面常常可以彼此挪挪凑凑。

在卡列里岛上既有富足的人，也有贫穷的人。从房屋的外观就可以断定这一点。这边是一座宽大美观的屋子，而旁

边就是一座像个柴火堆似的可怜的小茅草屋，屋顶已经半塌。这些房屋的共同点是，它们有一种直扑眼帘的纯朴的北方建筑风格。一个屋顶把人的住房和庄稼棚都罩了起来。最为显眼的特点是，每一幢房屋都有两层，但下面一层并不住人，只用来保暖和储存农具。引人注意的还有一样东西，那就是木结构的棚子（像大车上的那样），它直通上层木屋。在棚子的上层堆放着粮食、干草、麦秸，而下层则用来养牲口。

在这里，富人与穷人的区别不像城里那样表现在石头砌的墙上。这里的富人主要看他们是否有结构合理、井然有序的家庭，是否拥有多余的马、牛、船和渔网，这就是他们在财产方面的区别。在三十家院落里，有三家有两头牛，五家根本没有牛，其他的人家只有一头牛，还有十六个农户家里根本没有马。在整个村庄里，只有十三张大渔网，每两家使用一张。没有牛还可以生活，没有马也可以生活，但是没有船的话，那么就只好去“像哥萨克[①]那样”漂流了，也就是受雇到需要人手的人家去干活。村里的财富是谁都看得见的，穷人却只能抱怨自己命不好。这些穷人，大部分都是势单力薄的丧偶哭丧女，她们不可能拥有捕鱼的船只，她们家里也没有男劳力。

如果财富只是可见而不可得，财富的创造又是那样的艰难，几乎是不可能获得，那么为什么这个提莫施卡却发了一大笔财，而且发得那么快？以前他只是一个纤夫，受雇于哥萨克。现在，他突然发起财来了，建造起上千座房子，牲畜棚里存有四头牛，两匹马。

---

① 哥萨克（Kozacy）：十五至十六世纪因地主剥削和沙皇压迫而逃亡异乡的人们形成的族群，“哥萨克”一词的本义是“自由自在的人”。

不过，提莫施卡与众不同，他是捕鱼魔术师。他从捕鱼中挣了很多钱。

普通人从捕鱼中却发不了财。现在鱼渐渐少了，不论你如何绞尽脑汁，也捕不了多少鱼，可提莫施卡却左右逢源，就像老太太们所说的那样，甚至在维格湖主人因玩牌输给谢戈泽罗湖主人，并耽搁捕鱼的那一年，所有挨饿的人干等了一年的时候，提莫施卡却在晾晒狗鱼，腌制白鲑，把大量欧白鲑运到舒尼加集市上去卖。提莫施卡是魔术师，他知道渔汛期，这使他有可能挣大钱。提莫施卡采用了一个怎样的挣钱方法呢？最好的办法就是按照古老的方式，在顶棚上缝一只蝙蝠，一般说这个方法很管用。人们说，提莫施卡与水妖有好交情。在一个昏暗的夜晚，他拉着一张大网到岛上去。他看了一眼，顶棚上坐着一个人……提莫施卡在岛上点燃了火，把大网放到外面，烧掉了顶棚，拖出了水妖。这是一个黑乎乎、毛茸茸的东西！提莫施卡不害怕，他把水妖放到火边，问道："把你放进火里？"水妖呜呜哝哝："不，不……"提莫施卡又问："那么，放进水里？"水妖嘟哝道："嗳，嗳……"提莫施卡就把它放到水里去了。从这时候起，鱼儿就直奔提莫施卡而来。提莫施卡是魔术师，我们不能跟他相比。

* * *

早春，居民中年轻的、最有力气的一部分人外出漂流木材，就像当地人所说的那样"去做纤夫"。然而，纤夫中也有孩子和老人。当地人说："我们要去做纤夫，从幼小的孩子到年迈的老人都去。"

在这里，纤夫的活儿对大家来说就像苦役一样。居民们诅咒这苦役般的危险劳动，但是，要生存又离不了它。从主显节[①]起就开始招募纤夫，那时，不仅农民们已经把他们储备的粮食吃光了，而且连当地小铺老板为将来下海捕鱼储备的食品——春天的袋形鱼、秋天的大网鱼、榛鸡（即花尾榛鸡）、黑琴鸡和一些野鸭子也被吃光了。就在这个时候，在某个中心地段来了一个招募纤夫的十人长。十人长一般都没有什么钱，他自己都是从波韦涅茨小铺老板那里赊面粉吃，因此定金，甚至所有将来的工资都用面粉和别的食品来偿还。在主显节和三月中旬，居民中优秀的、身强力壮的人们开始出卖自己的劳动力，并依靠这个来生活。只有很少的人能够逃脱这种被奴役的命运，在春天不直接被经营发送漂流木材的雇主所雇用。这些少数幸运者被称为"独立人"。

纤夫们沿着湖和河顺流拉纤，把木材运送到白海的索洛茨基海湾去。在那里木材被制成木板，再转运到英国去。自然，必须挑选最优质的木材来加工。即使是纤夫们也不能完全应付这些繁重的活儿。这些木材被锯成适当长度的木板，而那些长约 2～3 沙绳（俄国长度单位，1沙绳约合2米）的木板被扔进森林，任其腐烂。所有干枯的和被风刮倒的木材都任其腐烂，白白流失。当时，就像在任何黑土地带一样，由于木匠的问题，农场主差点儿跟农夫打起官司来。至今，这里的木材与水和空气没什么两样，分文不值。在森林里常常可以见到，数十棵树木被砍倒并任其腐烂，这些树都是猎人砍倒的。为了捕猎松鼠，猎人们从一棵树追到另一棵树，把松鼠赶到可以看得见的地方。他们

---

① 主显节，东正教庆祝耶稣诞生的节日，定于1月6日。

还砍倒一些松树，收集针叶，用针叶给牲畜做铺垫……

为了把当地的水渠跟奥涅加湖和彼得堡连接起来，人们曾经有过很多设想。有一次，人们几乎要着手解决这一问题了，但是所有这些活动的结果只是在马谢理加村立了两块刻着“奥涅加一白海水渠”的石头。建造水渠这件事没有任何自然障碍，仅仅由于一些个别人物认为代价太昂贵而作罢。措施设想得极为合理，然而国家对北方的事情采取弃置不问的态度。现在，木材被运送到英国。冬天，人们准备好木材，也就是砍下树木，然后运送到河边或湖岸边。春汛期水流把木材漂了起来，纤夫们把没有赶上潮汐的木材装运出去。木材在河里分散漂流，而在湖里，人们把木材收拢在围栏里漂流。为此，人们用石楠木条把大量的木材绑在一起。石楠木条能做成一根长而结实的木缆绳，这根木缆绳能把纤夫们在湖里准备的所有木材都围拢在一起，这样一来，所有的木材都好像被系在围栏里了。这木缆绳就像停泊中的游动卷扬机，拉着围栏，然后启开铁锚，用橹杆把木缆绳向前推进，就这样，围栏便随着木缆绳向前推进。这一长排密密实实的围栏，沿着维格湖向沃依茨瀑布移动。到达瀑布那里时，栅栏便被撞碎了，因为每一根圆木都几乎直接往下冲过去，要单独承受自己被冲击的命运。通常，一根 7 俄寸的巨大树干，落到山沟里，在那里滑走，然后又以巨大的力量从水中弹跳出来，如果在这个时候它撞击到岩石上，那么，就会被击碎或者击成几块。树木从瀑布里飞出来，集聚到纳德沃依茨湖里，然后零散地经过众多沙滩，沿着波浪汹涌的维格河向前流动。

纤夫的活儿几乎是现在所有活儿中最沉重的活儿，同时也是最危险的活儿之一。

早春，在河汛到来的时候，天气还很寒冷，纤夫们把木材从河岸或湖岸边推到水里浸润。纤夫们整天全身湿透，有时甚至浸在冰冷的、刚刚解冻的水里。晚上 10 点钟，纤夫们聚集在一起，燃起篝火，彼此紧紧地挨在一起，牙齿打着颤，就这样一直熬到天亮。早晨 4 点钟，他们就得工作了。这时，木材被放到水里，纤夫们就开始运货了。一些纤夫沿着岸边走，用橹杆把预先准备好的、夹在石头缝里的木材推走，另一些纤夫则站在沿河漂流的圆木上，从一棵圆木跳到另一棵圆木上面，用橹杆把圆木钩在一起，努力使所有的木材都能穿越狭窄地段，而不让任何一根木材滞留在途中。到了极为险峻的尖嘴沙滩地带，连在一起的双排木材无法挤过弯道地段，撞在弯道上，进不了尖嘴沙滩，在那里搁浅了。在水流极为湍急的地方，尽管采取了种种措施，木材还是常常在某个地方被挡住，紧接着第二根，第三根……越积越多，最后变成堆成一座山一样的木材堆，把整个航道都堵住了。在这种地方，通常有最危险的工作等待人们去做，需要纤夫们表现出一往无前的勇气。勇士们立定在一根根漂动的木材上，用橹杆保持着平衡，一会儿用它来搭住石头，一会儿用它来搭住其他漂流的木材，向被阻隔的单漂木头形成的堆垛驶过去。在这里，他把那些阻挡其他漂流木材前进的木材拨到一边，用绳子把它们串联在一起，急急忙忙地向岸边划过去。情况常常是这样的：纤夫一找出阻隔的木材，木材堵塞问题

就立即解决了。站在自己那根圆木上的纤夫就得赶在阻隔冲开之前，飞快地向浅滩奔去，他竭力不让自己被挡住，避开大堆木材的冲击。纤夫穿过浅滩后，不断地被冲入翻腾的水中，他又不断地跃上圆木，只有当他到达深水段[①]时，他才算得救了。

有一个纤夫对我说，有一次，他在解决木材堵塞问题时，落入了漩涡，在那里，有15分钟的时间他感到天旋地转，差不多失去了知觉，但幸运的是同伴们把他救出来了。

浑身颤抖和湿透了的纤夫，常常发着热病，最后总算到达了索罗克的木材厂。在那里，他们沿海拉纤，开始了自由的生活。

在这里，纤夫们用一种特殊的生活方式排解心中的郁闷，这种生活方式完全不同于维格湖畔的民间古风。

* * *

当纤夫们在干着漂流木材的活儿的时候，卡列里岛的另一些居民就开始准备用网捕鱼了。不等冰完全消融，他们就开始全面检查和修理渔网了。他们的渔网也就是鱼篓，不过它不是用树条编织的，而是用网编织的，口上绷着木制箍。春天的捕捞都是在沼泽岸边进行，因为在用渔网捕鱼之前，整个沼泽地区形成了好几部分。下完了雪，湖上的冰泛出蓝光，岸上则没有冰，纤夫们立即就在沼泽地边支上一个个袋形渔网。在这个时候，狗鱼开始繁殖，它们游向岸边，在那

---

① 这里指急流后面的平缓水域。

里产卵。当狗鱼遇到了袋形渔网，就很乐意钻进网里，因为在网的狭窄的通道里产起卵来更方便，鱼儿多么希望快把卵产下来，因此它并不害怕狭窄的通道，只要能够出入就行了。

春天的太阳热辣辣地烘烤着河水。在阳光下，大量鱼儿很快就钻进网里，如果没有人及时看住它的话，鱼儿还能从那里挣脱出去，因此捕捞者不让15～20条鱼一次进到网里。他们急急忙忙地“修理渔网”，也就是把网口放大一些，来筛选鱼。有时也有大狗鱼进入渔网，大狗鱼背部通常留有鱼鹰的爪子印迹。显然，凶残的鱼鹰不自量力，把它的爪子挠到了巨大的狗鱼身上，并妄想把它往外拉。与狗鱼一同落难的通常还有圆腹亚罗鱼、河鲈、拟鲤、欧鳊和江鳕。在富足的主人那里，这样的渔网有上百件。春天里，他可以捕捉到价值70卢布的狗鱼，而大部分人捕捉到的狗鱼不超过40卢布。被抓住的狗鱼当场就被清理干净。老年人和成年人坐在朝阳的地方，把狗鱼一层层地摊开，然后把洗干净的狗鱼腌制好，放进桶里。“富人”（当地人对所有商人的称谓）会把这些鱼买走。如果没有商人来，他们就继续把鱼放在太阳下晾晒，留待以后再卖。奥伦恰宁地区的居民特别喜欢这种干鱼。

春天来了。本来可以把牲畜赶到田野里去吃个饱的，可是卡列里岛到处都是石头和沼泽，又能把牲畜赶到哪里去呢？显然，应该把它们运到别的岛屿上去，在那里可能有更肥沃、更宜于植物生长的土壤。在离卡列里岛2俄里的地方，就有这样的岛屿，大约有10俄里长。于是，就像人们通常做的那样，大家把牲畜赶到这种岛上去。载满牛、马和羊的小船在

维格湖上来来往往。每一只小船里只能装运1头牲畜，同时还必须有特殊的设备——架子，即交叉成“T”字形的圆木，以便小船不翻倒。架子的一头交叉放在水里，另一头置于小船的甲板上。

卡列里岛上的居民很贫穷，他们甚至不能拥有自己的放牧人。他们对此已经习惯了。牲畜就像野生动物一样在森林里走动，只有铃声——这北方森林里的奇怪声音可以说明这些动物和人之间保持着关系。夏天，牛和马跟人不会生疏，但是羊却显得忧郁，当它们看见湖里有小船经过时，就立即成群地跑到湖岸边，悲伤地“咩咩”叫。快到秋天时牛犊变得极其野蛮，给主人带来很多麻烦。人们把它们赶到沼泽地，再从那里赶回来。如果附近没有沼泽地，人们就建造一个牲口栏。

牲口运到岛上后，妇女们必须每天到那里去挤奶。清晨，她们坐上小船，几乎总是带着孩子一起到那里去。她们靠岸后，会见到大大小小的蚊子和马蝇形成黑压压的一片，在森林里飞来飞去。牲口为了躲避这些飞虫，从头到脚全都没在水里，在那里一直待到妇女们来挤奶为止。她们来后，把牛赶到岸边，点燃篝火，轮流使牲畜罩在烟里。此外，孩子们还拿着树枝站在两边，驱赶着蚊子。挤奶的过程就是这样的。挤完奶后，妇女们一定要听一听，马那边的铃铛是否还在响，有没有什么情况发生。如果没听到铃声，她们便立即赶到森林里寻找马。

为了做鱼汤，孩子们还坐船去钓鱼。在熟悉的浅滩边，

几乎总有成群的鲈鱼在那里游动。孩子们把事先准备好的、绑上了绳子的石头放入水中，这就是“船锚”，这样的锚使得小船“停泊下来”。然后，孩子们用蚯蚓做鱼饵，把钓线上的鱼钩放入水中，既不用浮子，也不用钓竿，这些在这里都是多余的。这里的鲈鱼非常多，虽然没有浮子，但也听得见鲈鱼在“唧唧”地叫，那是一群群鲈鱼在浅滩里发出的声音。现在只要赶紧拿起蠕虫、马蝇，甚至鲈鱼的眼睛，装到鱼钩上就行了。孩子们全神贯注地忙碌着，无暇顾及身边的情景：岛屿忧郁地注视着静静的湖泊，显得很美丽；银色的鲑鱼跃出水面，在阳光的照耀下熠熠发光。

就在这时，刮起了风，鱼向深处游去，牛奶已被挤完，马也已经找到。大家开始回家了，但在路上，人们还一定要看看捕白鲑鱼的渔网。从远处就可以看出是否安置了这种渔网。黑色的鱼筐从那里的水中露出来，海鸥飞来飞去，潜鸟“咯咯”叫。这些鸟儿常常“欺负”渔人们，一个猛子扎进水里，把陷入细密的白鲑渔网中的鱼儿叼出来。常常有这样的情况，潜鸟为自己的盗窃行为受到报应——陷入渔网不能自拔。潜鸟本来就是渔夫们求之不得的东西。它有一张麻麻点点、却很结实的皮，把它的皮揭下来，加工制作一下，一双美丽温暖的拖鞋就诞生了。

一个妇女划着船，小船径直向渔网靠过去；另一个妇女不时地把网往船上收拢，把陷入网中的白鲑、鲈鱼、拟鲤拿出来，抛掉一些被啄碎和已死的鱼儿，然后把网留在船上，回家后再把网晒干，并挂在岸边架子上吹吹风，否则它就会

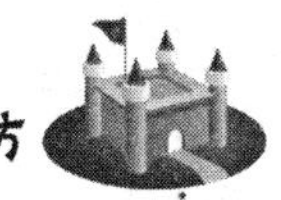

有气味，而且蒙上一层黏液，那样鱼儿是不肯钻进网里去的。

有时，妇女们也把马带回家里去。这一切都是因为离家前她们看到撂荒地长满了草，需要翻耕。回家后，她们就翻耕土地、腌鱼、把撂荒地上长出来的草拔去。就这样到了中午。这时，妇女们做好了粥、鱼和汤。大家吃很多河鲈和其他菜，但是不吃白鲑，因为这种鱼很贵，6 戈比 1 普特，只适合“富人”吃。人们吃饱了，歇足了，又接着工作。工作日很长，它由 3 个班构成：早班工作到 8 点、中班工作到中午、晚班工作到太阳落山，直到大家坐下来吃晚饭为止。从早到晚，大家就这样生活和工作着。

在北方，太阳落山前后几乎没有什么变化，天照样亮堂堂的。即使已经习惯了北方生活的人，对于这种白天和黑夜之间界限不分明的现象仍然感到懊丧。他们不立即躺下睡觉，老头儿通常在渔网边或柴火边待到 12 点钟，最后他觉得该就寝了，才在铺在地板上的鸵鹿皮上躺下，与大家一起睡觉。

这样的夜晚很闷，母亲伸开四肢躺着，孩子们翻来覆去，有的碰着母亲的胸脯，有的碰着母亲的脚，有的干脆滚到鸵鹿皮外边去了。外面通亮、透明、寂静，只有鸭子在沼泽地里叫唤……老头儿睡得最晚，却起得最早。老太太也起床了，生起了炉子，摇晃着摇篮。紧接着，大家都起来了，依次到挂在桶上方的铜海鸥洗脸盆那儿洗漱。从洗脸盆下面的桶里散发出一股浓烈的、熏人的气味，那里面有为怀孕的母牛煮的汤，这些牛在运往岛上时，历尽艰险。昨天，老太太在清洗鱼的时候，把鱼下水扔进了桶里。早晨，她接了水，把一块热石头放到桶里去。

渐渐地，夏天就要到了。这以后的工作就不同于以前了。摘叶子的时节即将来临——这是俄罗斯中部和南部的居民完全陌生的时节。妇女们坐船到岛上去，寻找白桦林林间砍伐地，把树枝压弯，摘下叶子，装运上船。晚上回家的时候，船已经不像船了，而是一个个圆锥形树叶垛了，孩子们神气十足地坐在草垛上。回家后人们把叶子摊在屋顶上，或者在牲口棚顶上晒干。从这时候起，主人们一般都睡在这种柔软的叶子上。冬天，白桦树叶还用作牲口饲料。如果在叶子上撒上一层面粉，那么，本来就好喂的北方小牛犊就更喜欢这种饲料了。

过了摘叶子的时节就是很艰难的割草季节。割草这活儿只有纤夫干得了，妇女不会磨大镰刀，不会堆草垛。她们急切地、不安地等待着丈夫归来，担心会耽误割草的活儿……终于，筋疲力尽、劳累不堪的纤夫们回来了。他们既需要休息，又必须磨刀、清洗草筐、清理适合草地使用的火枪。

* * *

在北方割草绝不同于在南方。这里的草地显得非常可怜，以至于你都不敢相信自己的眼睛：难道这么低矮、还没超过1俄尺长的草也值得花费精力去割吗？但是，这么不值一提的草却是这里最好的“本地草”了。它主要不是酸苔草，而是甜禾草一类的草，这是牲口喜欢吃的草。然而，在多水的时节，也就是湖里涨水的时候，这种草就不再生长了，这时只剩下一种木贼属的草。这种草如果不加些面粉的话，牲口

就无论如何也不肯吃，而面粉是珍贵的农产品，大部分是从外面运来的。按照地方农业管理局的统计，波韦涅茨的居民要从配给的面粉里拿出 1/3 来喂牲口。你由此可以想象，这是什么样的草了，它需要花费多少面粉才能使牲口乐意吃啊！“多水之年”，由于维格湖湖水过满，来不及通过瀑布流进维格河，使草地情况大大恶化。这就使当地人相信，如果把湖泊撕开一条缝与瀑布连接，降低湖的水平面，那时湖岸边就会干燥一些，长出良好的草。实际上，在一些干燥地方，确实可以看见长势喜人的三叶草的草尖。

这些可怜的草地通常在离村庄很远的地方，这样从卡列里岛到草地那里去需要走 20 俄里。这时村里就只剩下老人和孩子，能劳动的人都去割草了，在那里要工作 1 星期才能回家。在割草人待的地方，搭建了一些小木屋，在小木屋里面，精疲力竭的劳动者夜里能够躲避蚊子的侵扰，安心休息。蚊虫是割草人可怕的敌人。它们多极了，简直使人们到了忍无可忍的地步。割草人说：“恨不得哭出来。”

男人和女人，所有的人都在割草。确切地说，不是割，而是砍。他们用短柄镰刀——一种大镰刀砍草，长时间地弯着腰，从左向右，之后又从右向左地挥着镰刀。为了防止蚊子叮咬，他们用手帕包裹着头。在南方，割草是惬意和轻松的事情，在那里他们可以随着节拍挥动镰刀！可在这里，完全不可能有这种能够减轻劳累的节拍，镰刀在草丛中不时要碰着石头，那时你不得不停下手中的活儿。此外这里还有蚊虫叮咬。当林中有一束光线透过来，照耀到蚊虫身上的时候，

你尽可以去想象，它们的大军团是以什么样的规模在空中穿梭往来啊！

割草通常在早晨进行。当太阳把草上的露水吸走后，人们就要把已经晒干的草堆成垛，为此必须选择一块比较干燥的地方，并在林中砍伐一些长树枝做成晒草架，把树枝砸人地里，排成一条线，树枝之间相隔几步距离。两个妇女把草运到树枝跟前，男人们就把它们往晒草架上整齐地堆放好，这样就完成了第一道工序。如果草还是潮湿的，那么再从两边把它们架起来，然后根据它们的干燥程度，不断地在下面增加支架。这样，在第一个架子后面支起第二个架子，就这样不断地进行下去，直至割的草全部被架起来为止。人们从自己的林地里只能割到 3 车草，其他的草要到国家森林里去割，每车草付 15 戈比。这些草垛里的草就在这里过冬。

苦干了一整天的割草人，傍晚时分开始做过夜的准备。为了驱赶蚊虫，人们在棚子里点燃腐烂的草，而准备睡在草地上的人则架起帆布蚊帐，但是要完全摆脱蚊虫几乎是不可能的。割草人在草地上辗转反侧，蜷缩着，唉声叹气，听着林中的狗吠声。“林中哪来的狗啊？”割草人想道，突然他想起来了，当他们来这里干活的时候，他把两扇篱笆门放在石头上了，可当他们回到家里的时候，发现篱笆门已不翼而飞。“它们被弄到哪里去了呢？”他心里想。蚊子的情况也是这样，一觉醒来就不见了。狗还在不停地狂叫。早晨他就忘记了这回事情，现在闲下来了，便回想起来说：“上帝光顾了我……是的，我曾经把两扇门放在草地上的石头旁边，可我回来时，两扇门已经没有了。”

“可能是被谁拿走了吧?”

“可是，森林里谁会拿走它们呢?”

大家都觉得他说得对，便沉默起来。他又继续说道：

“我听见过狗的叫声，很可笑。”

“这么说，这个人可能是带着狗来的吧?”不相信的听者疑惑地问。

“可是，森林里谁会随身带着狗走路呢?”

“实际上，谁会到这种密林深处来呢?难道是‘逃奴’”?

现在该割沼泽地里的草了。沼泽地就在岛上，所以人们可以回家了。从前沼泽地没有划分给一家一户。现在由于需要量越来越大，所以划分开来了。在北方由于这种现状，几乎人人都需要森林和沼泽地。

人们站在齐膝的水中，开始用镰刀割沼泽地里的草。沼泽地在脚下蠕动，鸭子在周围“嘎嘎”地叫着，飞来飞去，小鸭子在寻食，海鸥和潜鸟在翱翔，而妇女们身穿紧束的裙子和高帮靴子，整天泡在水里割草。要是非北方人看了这种景象会非常吃惊的。割完草之后的工作就没有什么特别的了。黑麦和谷类也是用镰刀收割，然后再在那种特别的“庄稼垛上”晒干，也就是在数沙绳高的架子上晒干。庄稼可以用雪橇从地里运到卡列里岛，没有必要去买一辆专用马车来运送。已经晒干的庄稼可以在谷仓里进行加工。

* * *

对于卡列里岛的人来说，头等大事就是要及时收割庄稼。

这一点之所以重要，除了不让庄稼遭受严寒，霉烂在地里外，更主要的是不要因秋收晚了，而耽搁秋天的捕鱼。对于渔夫来说，捕鱼时节是最关键和重要的了。真正的捕鱼时节只能在秋天，如果庄稼没有及时成熟，那么只好去雇用劳动力进行秋收了。

秋天的渔网既大又贵，只有大家庭才能拥有它。在卡列里岛上只有一个人能够独立支付一张渔网的费用，其他人则每两家拥有一张渔网。在维格湖，人们秋天使用的渔网的网翼有 70～80 沙绳长，此外还需要150 沙绳长的绳子。渔网上最重要的部分是系梁部分，这里可以用来装捕到的鱼。从系梁至网翼有 5 沙绳长的网体，然后就是网底，它也有 5 沙绳长，此外就是密实的网身了，网身是网底的两倍长。

捕鱼从每年的 8 月 15 日开始，一直持续到 9 月 1 日。在捕鱼之前，卡列里岛的湖岸按照渔网的数量分为若干地段。在某一划定的地段，一张渔网只能使用一天，第二天这个地段就由别人来捕鱼了。前一批人则到别的地段捕鱼，每天都这么轮换。

秋天捕鱼必须有两条小船才够用。把船驶入湖里以后，首先把网柱放到水里，然后两条船立即向两边分散开去，一条船驶向右翼，另一条船驶向左翼。渔夫们把整个网都撒到水里，并让网伸展到 150 沙绳远，之后就从岸边往回拉。两条小船在湖上保持一定的距离，到了岸边便归到一处，用安装在各自船上的绞盘，也就是用绞车把绳子拉紧。在水面上起先只能看见一些抛放物，也就是浮子，当网翼露出水面的

时候，鱼儿开始出现，渔夫们马上放下绞盘，用手拉着网绳，从两个侧翼拉住渔网。当整个密实的网都浮出水面的时候，马上有人向上拉网兜，并用安装在网末端的有枝条的树棍扑打水，使得鱼儿都向网里面钻，最后，解开渔网的末端，鱼儿就都被倒进小船里了。

秋天，人们主要捕白鲑和欧白鲑。所有捕到的鱼通常就地卖给“财主”，而那些有实力的人，把这些鱼保存到主显节，再把它们运送到奥涅加湖舒尼克的知名大市场去卖。在奥洛涅茨克省和波莫瑞地区，这个大集市像俄国欧洲东部地区的下格洛德集市一样，一直发挥着巨大的作用。渔人和猎人把鱼和兽皮运送到这里，用面粉把它们储藏起来。他们为自己采购皮革、套车的皮环、植物油、麻绳、亚麻、一些零星物品及家用的一些新器件。“财主”或“奸商”把自己的商品卖给批发商人，而这些人再倒卖给彼得堡和其他一些城市的商人。舒尼克集市至今依旧在俄国北方经济中发挥着重要的作用，民歌和民间故事里都常常提到舒尼克。

但是，在维格湖一带只有家底殷实的人才能把鱼运送到舒尼克，而大部分人只能在当地卖掉。

那时，就像春天捕鱼时的情况那样，有些人也去森林捕猎，他们打花尾榛鸡、黑琴鸡和雄松鸡，但卡列里岛上的一些猎人（不勤快的猎户）则宁愿在湖上结冰的时候，去破冰捕鱼。

为此，首先必须凿冰，也就是用冰镩——一种像铁棍一样的工具，凿开一个大冰窟窿，在里面撒上一张大渔网。在

网的两边再凿出一些相隔10沙绳的冰窟窿。在冰窟窿、长杆和绞盘的帮助下，人们把渔网向岸边拖过去，在那里也凿好了一个大冰窟窿。

一直到12月份，人们都是这样捕鱼的。从这时起直至春天，纤夫拉纤的活儿开始前，人们把木材运送到漂运地段。准备劈开和运送的木材通常都存放在很远的地方，所以当地的劳动者不得不再次离开自己的家庭。由于非常穷困，所以很少有人把自己的妻子带着一同去。对这一纯属于男人的艰难工作，妇女们也帮不上什么忙。要不然，她们在冰天雪地里手脚不停地忙活不说，还要被火气十足的丈夫推来搡去……还是不跟他们去为好，留在冰窟窿旁边捕鱼好了。

男人们整个冬天都围着木材奔忙，砍啊、刨啊、装运啊。他们住在那种木头房子——猎人、割草人、隐秘教派教徒和苦行修士住的那种“圆形小屋”里，几乎所有临时待在森林里的人都住这种房子。冬天，北方的白天很短，他们工作一阵子后，冻得难受了，不得不回到屋里烤烤火、取取暖，然后再踢踢腿，活动一下，等着自然而然地睡着。在这样的长夜里，待在屋里还能干什么？简直无聊得要死。

就在这时，讲故事的人玛奴依洛来解救他们了。他在这个木屋里的松明灯下，给所有在地板上打盹的人们讲起一个从前的沙皇的故事：人民与这个沙皇相处得非常和谐，就好像他不是沙皇，而只是一个快乐的、很有权力的农夫。大家给沙皇送来了花尾榛鸡，叫他猜谜语；而沙皇很机灵地猜出来了，并给他们一些建议……

大家默默地听着关于沙皇的故事，时而笑笑，不久就睡着了。玛奴依洛不停地说啊说，直到确认每一个人都睡着了才停下来。为此，他不断地问："你们睡着了吗？"

只要有一个人没有睡着，他就把松明灯挑亮些，继续讲沙皇的故事。

春天，一些人又去拉纤了，另一些人则重新操起袋形渔网或木犁。就这样，北方人一年四季不停地劳作，在与严酷的自然条件作斗争的过程中为自己挣得一些生活必需品。

壮士歌歌手

老人们常说："现在的人更聪明，更强壮，可是古代的人生活得更舒服。"年轻人说服不了老年人，他们很固执，但是，即使成功地说服了父辈，使他们心悦诚服，那么还有祖父辈、曾祖父辈，他们又能说什么呢？他们回忆早已死去的人和古老的世纪，认为那些才是一个又一个黄金时代……

过去，在俄罗斯的土地上曾经有"一些光荣和坚强的勇士"。不管这到底真实与否，俄罗斯北方老人们歌唱着他们的"往年旧事"，相信确实曾有过那样的人，他们一代接一代地传达着他们的信念。

这些往年诗歌不像现代歌曲那样，它们很长。一些不识字的人具有较强的记忆力，他们的脑子还没有被现代生活中一些不必要的、多余的、偶然的事件所充斥，只有他们能够学会这些歌曲。这就意味着，壮士歌歌手必须具备一种能力——把自己融入黄金时代最美好的日常事件中的能力。

这样说来，这些诗歌是与生活的某种结构紧密相连的，诗歌冒着可能消失的危险，要求歌手们按照这种结构生活，身处一个大家庭，遵循严格的旧教传统，在北方漫漫长夜里的松明灯下编织渔网——这就是产生壮士歌歌手的环境。

但是，所有这些推论都只是书面的和猜测性的。当我到了维格湖地区的时候，我决心亲自去寻找这样的说唱人，按自己的想法去观察一下他们的生活，以亲眼所见来确认所听到的事情。

还在离维格湖地区很远的地方，我就碰巧听到了一个说唱人说起我曾听到过的传言。

当我们经过奥涅加湖的处河湾时，我在船上看见一个非常善良的白发老人，便问他："在你们那里有没有说唱人?"

"怎么会没有呢？怎么会没有呢?"他连连回答说，"在我们加尔尼茨地方，有个伊凡·费莫维奇·里亚宾宁，听说过他吗？肯定听说过吧，先生们都听说过他，常到他这儿来。他唱壮士歌挣到了 500 卢布。他曾经到国王那里去唱过，他还出过国哩。简直是奇迹!"

"你们村还有别人会唱壮士歌吗?"我问道。

"没有了，一般人怎么会唱呢……伊凡·费莫维奇·里亚宾宁是个旧教徒，他不喝酒，不抽烟，在这些方面他要求很严格。他对饮食也不含糊其事，规定哪天吃什么，他在这方面的记忆力非常好。他对自己一点也不放松要求。有一次，人们带他去见国王，那里的一切都安排得好好的，真是应有

尽有！餐桌上摆放得满满的。人们招待他，请他吃。他坐下来，与他们交谈，但是桌上的东西他一概不碰……现在他攒了一些钱，但仍像旧教徒那样生活，自己捕鱼，教孩子们唱歌。”

伊凡·费莫维奇·里亚宾宁是著名的里亚宾宁的儿子，基利费金克就是在里亚宾宁那里写壮士歌。根据老人的话判断，他跟基利费金克曾经于捕鱼时节在某个教堂里见过面。

我不知道是别的东西把我吸引开了，还是说唱人已经绝迹，我在维格湖畔很久没有见到过一位称得上好的壮士歌歌手。最后，我终于见到了一个，我在他的家里住了好久，住得也很舒服，一点不怀疑他是一位真正的说唱人。

* * *

有一次，渔夫把我送到一个大岛上，那里只有一个孤寡老人——格里戈利·安德里阿诺夫。渔夫们告诉我有关他的事情：“这是一个善良、稳重和守传统的人，他会把所有的壮士歌都唱给你听。”

当我们坐船到他那里时，岸上的一个大草棚旁边有许多赤脚的、光膀子的健壮孩子在演木棒戏。

“老雄松鸡（那儿管隐居者叫松鸡）在家吗？”渔夫们问道。

“捕鱼去了。”孩子们回答。

一位老太太——格里戈利的妻子走了出来，把我带到上面的一间清爽房间里，不断地说：“请坐，他很快就回来，请坐……”

按照北方的习俗，老太太首先给我沏上茶，然后招待我们吃午饭。她熬了白鲑鱼汤，把酸牛奶、一盘云莓果和干红蜜糖饼干放上桌子，接着又端来了欧白鲑鱼肉馅饼、河鲈鱼肉馅饼、黑果越橘甜饼和各种果肉面包。老太太忙上忙下，端来一盘又一盘东西。

“老头捕鱼去了，捕鱼去了。”她说，“我老了，不能和他一起去了。从前，我决不会像现在这样闲着，那时 140 张网，我的老爷啊，可真是的……后来，我养了 1 头牛，接下来，2 头，3 头，4 头，一直就这样操劳着过日子。现在我的脚有病了。”

老人直到傍晚才回来。他会怎样看待我呢？不用说，他会把我当做一位懂得林业、土地测量，并和警察局有联系的老爷。在岛上，他对其他人当然是一无所求的。

格里戈利·安德里阿诺夫走到我跟前，礼貌地握住我的手，像一位主人应有的表现那样，与我说了几句话，就去睡觉了。他身材高大，一头鬈发，脸部刚强坚毅，长相很像圣徒彼得。

他的脸上没有任何部分是多余的，甚至额头上的一道道皱纹，似乎都有其本身的使命，那弯曲的一道道皱纹仿佛是他机智、沉稳的脑子的组成部分。

早晨，一阵吵骂和叫嚷声把我吵醒了。我往窗外一看，只见在那湖边的小路上，那位像圣徒彼得的人手里拿着一根巨大的粗棍子。他前面一位酷似他，但又比他年轻的老人跑了过来。年长一些的老人追上了年轻的老人，拿棍子打了他

一下，他倒下去了。接着，这个年轻的老人一下又一下地挨着打……

人们向我解释这件事：格里戈利·安德里阿诺夫的大儿子，一位57岁的男人，被派到波韦涅茨去卖鱼。他从外面回来的时候，喝醉了，对着老人说了很多粗鲁的话，被老人狠狠地揍了一顿。

毫无疑问，烟和酒在老人家里是不允许碰的，茶和咖啡只有当客人来的时候才能一起喝，因为这些都属于双重罪过的东西。以前，我以为禁止旧教徒喝酒、喝茶和抽烟只是从宗教意义出发，但当我和老人谈了话以后，我才知道这个大家庭是因为本身的不富足才禁止做这些事的。要是一个家庭整天都喝茶，过节时喝酒，那么就会影响整个渔猎生活，尤其是影响那些纤夫。除喝酒之外，还有抽烟，都是对父亲的最高权力的否认，所以，老人的处罚就似乎变得可以理解了。

“拿他怎么办呢?”过了一会儿老人对我说，“把他送交法庭？这种事情法庭是不会受理的。现在的法庭是什么样的呢?那是有理无钱莫进来的地方。过去这样的事情处理起来简单，集中起来一定罪，就判决了……咱们到外面去谈谈吧。”

由于是星期天，家里又来了客人，妇女们精心地准备着午餐。桌上铺着一层白色桌布，老太太正忙着煮咖啡，这是从芬兰偷运进来的走私咖啡，味道很纯正。儿媳妇把鱼馅卷进和好的面里做鱼馅肉饼。格里戈利·安德里阿诺夫的儿子中，只有一个最小的在家。这个活泼的、有着淡黄色头发的小伙子，刚刚20岁，是老人的幼子。老人最大的儿子“离开

了家”，另外几个儿子当纤夫去了。此外，还有一个满脸胡须的女婿坐在这里，显然也是客人。要弄清楚这个家庭里妇女和孩子的全部情况几乎是不可能的，因为他们的人数太多了。

他们开始用咖啡招待我们，老人喝着白开水。谈话开始时大家都有点紧张，显得过于正式，只泛泛地谈论着日常生活。老人说着，老太太不时插着话，女婿则深思熟虑地回答道：“正是，正是。”其他人都沉默着。

老人讲述的生活，当然也就是维格湖当地的生活。岛上这个大家庭居住的木屋里，所发生的是到处可见的喜剧化的事情：老而旧的东西总是与年轻而新的东西斗争。陈旧的东西来自维格湖的上游，已经不复存在的达尼洛夫修道院。新的东西来自纤夫集中漂流木材的维格湖下游。老人一边指责纤夫，一边指责新生活。

“他们是来当纤夫的，对，是当纤夫的，”老人说道，“否则，他们还能为什么而来呢？”

“对，对，就是这样的。”女婿附和着。

“是啊，先生们，不把地用栅栏围起来，那怎么行呢？”

“对，那怎么行呢？”女婿又跟着重复道。

在场的人默默地喝着咖啡，神色庄重，很长时间不出声。

“在我们那个时代，”老人兴致勃勃地说，“人们按部就班，未婚妻待在家里，总是不好意思，从不说‘我愿意，我不愿意’。现在的年轻人一求婚，两人马上就好上了。”

“对，就是这样。”

“可是，他们却难以长久！”老太太插话道，“充其量就十

来年，不会再长了。那时在我们整个维格湖地区，科依金的老爷家里有1只茶炊，在维格湖的墓地有1只，在谢苗·费得洛夫那里有1只，在助祭那里有1只……一共就9只茶炊，而现在几乎家家都有，甚至有的人家还有两只。”

“我们的老人们，”主人继续说道，“就以水生物为生，而年轻人则异口同声地说要奶牛加房屋。”

“就是应该这样，”突然，传过来主人幼子的稚嫩声音，“在我们这儿没有奶牛是无法生活的。”

“怎么啦，你不该顶撞的！”老人纠正道，“可是为什么老人们使用手动雪橇，而不用牛呢？”

“老人们只知道拯救自己的心灵，而不考虑别人。”

“不关心自己，还关心谁呢？”

“那么在这一点上又有什么益处呢？跑到森林里去吃腐烂物吗？”

谈话既长又令人厌烦。后来我确信，老人劝儿子到森林里去的时候，并不那么真诚。他本来就不是独居的隐修者，而是农民。他喜爱土地，喜爱农事，可以承担任何艰苦的劳动，只是离不开土地。“到森林里去”——他信仰这个，准备全身心地奔赴森林，可是依然没有成行，而是组成了一个大家庭，建造了房屋，安排了农事。他具有种庄稼的本能。有一次，他给我讲述了本地极为典型的一个传说：

有一位老人得到了拯救，他在森林里向上帝做祈祷。这时，路过的圣人向老人走来，圣人恰巧认识他，对他说道：

“上帝保佑，森林里的懒汉！”

“我怎么是懒汉呢，我又是祈祷，又是干活出汗……”

“你干了什么活呢？看，那个虔诚的农民正在地里开垦，他知道，上帝会敲响铃声通知他吃午饭的。”

老人思考着过路人的话，来到地里，看见一个农民正在开垦土地。

“上帝保佑，善良的人，你吃饭了没有？”他问开垦的人。

“我吗？”开垦土地的人说，“还没有吃哩，还没有听到饭前祈祷的铃声哩。”

老人坐在一块皮子上。那个人又开垦了一会儿，套好马，在眼睛上画着十字。

“善良的人，你为什么给眼睛画十字？”老人问道。

“你看，”那个人说，“吃饭的铃声响了，所以要向上帝祈祷，然后吃饭。”老人很惊讶……于是他也祈祷起来。

老人立即就说明了这个传说的意义：“看来，在上帝那里，农民比老人的意义更大。老人一直在祈祷，却并没有传到上帝的耳朵里，农民虽然一直在耕作，却成了圣人。”

但是，如果老人不同意“到森林里去”，他就完全不可能懂得纤夫的生活。

“在家里，”他对我说道，“睡觉会更香，吃饭会更多，但是纤夫们还是出去干活了，家禽都丢下不管……在那里自由自在——首先，没有烦恼，哪怕庄稼没有生长，家禽没有养活都不用担心；其次，可以摆脱土地了——有人付了钱给你，你就失去自由了。回到家里，饥饿、疲乏，钱却没有带回来。还是去年，钱就见了鬼了。田里有多少庄稼啊！对此，他一

点信心也没有。他到十人长那里去发誓，要把自己卖出去一个春天，然后又去给富人磕头，求他们给点面粉，给点米。他先是弄到一些鱼，后来又弄到了野鸡。他向十人长出卖了灵魂。

“咳，过去就是这样。依靠大地就像依靠母亲一样，那时地里只有 20 普特的黑麦在闪光，不是在田里生长，而是在地里生长。家里有 20 口人，却生活得很好。”

* * *

受到老人盛赞的大地母亲究竟怎样呢？为什么我们那些处在农作地带的农民却带着不屑一顾的态度离开了土地呢？他们会说这不是母亲，这不过是土地，充其量是后娘。

特别使我惊讶的是卡累里岛上的耕地。这个不算大的岛分为两半：一半是低洼地和泥泞的沼泽地；另一半是高地、石岩和密密层层的石头。

“你们怎么耕地呢？”当你看见这层层石头，会不由得这样问道。

“我们不耕种，我们搬运石头。”他们回答道。

夏天，翻耕这样的土地必须反复进行 5 次，否则什么也不会生长。同时，还必须不断地把从土地里突出来的大石头堆成堆，这种石堆被称为“粗砂”。很快，这些粗砂上长出了青草，在铺满一层小石头的田地上，出现了绿色的小山冈。这个特点如此明显，以至于农民们经常谈论它。小石头是堆不成粗砂的。白天晒热的石头影响了庄稼生长，而在干旱时节它又妨碍水汽蒸发。在潮湿的天气里，你还没有来得及把

地全翻一遍，草就已经长出来了，因此，必须常常翻耕土地。

但是，“土地”这个词似乎还是有点不符合耕地的意思。这块土地位于村庄旁边，面积非常小，就像一个小园子，是用篱笆隔开来的“园子”。这种地方似乎适于做菜园，可这里并没有菜园，不生长蔬菜，不生长洋葱，甚至农作物的生长情况也不景气，常常腐烂。当地人不认识苹果，没有蜜蜂的概念，从来没听说过夜莺和鹌鹑，没有采集过麝香草莓和普通草莓。他们在歌里自豪地、喜洋洋地吟唱过这些事物，可是在日常用语中却从来没有听到他们说过。

在这里，可以回忆童年时代，可以构思浪漫故事，这些浪漫故事和奇妙的歌曲流传甚广，俄罗斯都市里的人有谁不知道一些有趣的故事呢?

在严酷的气候条件下，在必须耕种的少量土地上，生长着不多的庄稼，能够应付2～3个月的口粮就已经不错了……这就是现在的人们为什么非要把自己卖出去当纤夫，以及以后还要出卖劳动力的原因。

以前，在这个地区还没有森林狩猎，那时允许在国家森林里伐林耕作，粮食也还够吃。一方面，政府限制砍伐经营；另一方面，在最需要的时候，优秀的劳动力拉纤去了，这就是为什么这里只有少得可怜的一点常用耕地，而在森林里经过精细开垦的“可种植庄稼地”却被弃置不用了。要是从土地里可以轻而易举地收获粮食，农民会乐意开垦土地的。这里不需要你砍伐树木，烧毁树木，并在树桩中间翻耕，而只需要撒上肥料，并用石犁翻耕一下就可以了。但是事情恰恰

出在肥料上。常用的耕地对肥料的需要量很大，这意味着应该有很多牲口，而牲口又需要饲料。这里的干草是沼泽地类型的，不加些面粉，牲口就不肯吃。众所周知，农业的循环必须在一定的条件下进行。在古代，除了砍伐之外，农业循环还常常受到维持丹尼洛夫日常生活的破坏。现在能够替代砍伐和维持丹尼洛夫日常生活的劳动的，是纤夫的劳动及随之而来的新文化。

这大地母亲的情况就是这样。现在再回到这位讲述者格里戈利身上来。

* * *

在森林湖泊对面的山冈上，可以看见用稠密的、歪斜的篱笆围起来的一簇金黄的黑麦。在其周围有一道森林屏障，再往前就是潮湿而不可逾越的地方了。这个经济作物岛全是格里戈利一手开辟的，没有花什么钱。他既然可以以劳动来捕鱼或者编织渔网，这里还需要什么经费开支！他们早就习惯了这样的工作，全家二十来个人一起清理小岛。对一个老人说来，这是一种力所难及的劳动，而且没有益处可言。但是在这个森林里，格里戈利·安德里阿诺夫的心里深藏着比简单的农业收支高尚得多的志趣。他们全家种植树木，这些精神上富足的人们不为一文钱出卖自己去做纤夫，他们不抽烟、不喝茶和酒，因此这里荡漾着旧日的诗意。这个小岛是过去的、黄金世纪的纪念碑，也是格里戈利·安德里阿诺夫崇高心灵的纪念碑。

还是两年前的一个秋天，老人打猎的时候，发现了这个

地方。他仔细观察了这个森林，看它是太稀还是太密，稀了长不出庄稼，密了不易砍伐。关于土壤，他早已从森林的外形做出了判断，现在他只需要验证一下就可以了。如果是白桦树林、赤杨树林，总而言之，只要是叶片状的树林，那么树下就会生长草和花，就有腐殖土作肥料。如果这是针叶林，那么下面什么都不会生长，土壤一定是贫瘠的。然而，他还是从腰里抽出斧头，用斧背劈开土地，观察根底。树根显得很干燥。这就好，因为“在湿根上长不出嫩芽”。土壤层有1/4 俄尺，这意味着可以有 4 次良好的收成。经过考察，他开发了这个地方。春天，冰雪消融了，5 月底、6 月初，他重新拿起斧头，来“砍树枝”，亦即砍树。砍了一天，两天，三天，正好附近有人在放牧母牛，一位老妇人给他送来新鲜的鱼饼和牛奶，要不然只能靠自己带来的干粮充饥。他在森林里的篝火旁边或者狭窄的草棚里过夜。工作终于结束了。砍下来的树木必须晒干。渐渐地，被砍倒的树上的叶子开始发黄，森林里出现了一片金黄色的地方。

第二年的同一时候，老人选择了一个微风习习的晴朗日子，点火把他压紧晒干的树木堆烧掉。他把树干放到边上，以便它们能够充分燃烧。火从背风的一面开始烧起来。在树干燃烧的过程中，他不断地移动着一些树干，以便有足够的空气使燃烧充分。在烟雾、火花和火舌挡住眼睛的情况下，他敏捷地从一个地方跑到另一个地方，把篝火里还没有燃尽的树木再次挑起来，让它复燃。在森林的山冈上，在白色的拉姆毕内里，那片黄色的土地开始变黑，这就是烧荒的结果。

风可能把珍贵的黑色灰烬从山冈上吹到四面八方去，这样的话所有的努力都会白费，因此现在必须着手新的工作。如果石头不多，就直接用专门开荒用的木犁来“开垦”土地，用无节的开沟直铧打垄。如果石头很多，那就采取斜开的方式，用手把式斜钩、古老的钩拨溜铪来精细翻耕土地。当这项沉重的劳动完成后，耕地就准备好了。明年春天就可以种植大麦或者芜菁。这就是这个小岛的经济作物产生的过程。

了解这个过程后，我不由得产生了这么一个想法：当老人的远祖从更富足的鱼米之乡来到此地的时候，难道他们不是把对土地的爱也带来了吗？

*　　*　　*

正是这种与土地的联系妨碍了老人“进入森林”，拯救自己的心灵。现在老人的心中又产生了新的烦恼：最小的，也是老人最心爱的儿子，那个“瘦得有点像带鱼似的小伙子”，到北方沿海地区去了，不断接受着新观念的影响。老人感到与新观念作斗争可不比与大儿子酗酒及愚蠢作斗争那么简单。

小儿子近日从索罗基的锯木厂回来后，就开始完全胡言乱语了。他说，锯木厂已经停工了，所有工人都在罢工，他甚至在暗中劝说维格湖和谢戈湖的纤夫罢工。老人很恼火。维格人放排已经50年了，他们也正是靠这个生活。尽管纤夫的活儿很累，但是维格人向来就是以此为生的。不做这当地唯一可以养家糊口的营生，就只有饿死了。他们罢工将会招致什么结果？老人不愿意想这件事情。但是传说越来越多，岛上时不时地来一些渔人，他们不断地证实着这些传闻，最

后整个地区都在谈论关于罢工的事情。在这个清心寡欲的地方，在与自然进行的斗争中，这些历经数世纪严格考验的居民，“罢工”这个词语是他们闻所未闻、无法理解的。我观察到，老人与小儿子的关系在逐渐紧张起来。妇女们也在形成两派。天晓得，要不是老人被事情的变化击垮的话，将会有什么结果！

一天早晨，儿媳到湖里去打水，转眼间却跑了回来，喊道：“来了，来了，纤夫们来了！”

村妇们已经等纤夫们很久了，因为，割草期已经到了。“罢工”这个可怕的词语在年轻媳妇们的心中种下了不安的因素，所以草棚里的人听到纤夫回来了，马上都往岸边奔去。

一条小船用六只桨划过来，一直到离岛很近的时候，才升起帆。尽管没有刮风，但在维格湖升起帆向前岸靠近却有特别的气派。看来，纤夫们的心情很愉快。他们的笑声和响亮的歌声也传了过来：

“不是铁锈斑，不是铁锈斑吞吃了田野……”

纤夫们带来了令人高兴的消息，他们的所有要求都得到了满足。省长本人亲自来了，答应安排一切。立即有人向彼得堡的主人发去了电报，并得到回复：“立即满足其要求。”

老人听到这个说法后，受到了很大的打击，他皱着眉，沉思不语，而纤夫们却兴奋不已。第一天他们什么都没有做，只是休息，然后开始准备割草：有人磨快弯镰刀，有人修理篮筐，有人擦洗机械，有人准备钓鱼的钓具和鱼钩……所有这一切都是为割草而做的准备。割草的地方距离这儿很远，

在20俄里外，因此他们1周都回不来。

当这些吵吵嚷嚷的人群全离开之后，大草棚空旷起来，只剩下老夫妇和小孩子们。岛上和草棚里很安静，只听见摇篮的“吱吱”声和老奶娘忧郁单调地歌声：

睡吧，睡吧，一切如意，
在金黄色的草毯里，
睡吧，在树皮毯和破皮毯里……

而老人，饱经风霜的老人，整天坐在窗前编织渔网，他不声不响地在沉思着什么。大概，他在回忆自己的生活，或者在消化纤夫们带到这个岛上来的新的生活观念。

有一次，我要求他谈谈自己的情况，谈谈他怎样结婚，怎样在这个深山老林安顿下来的，老人很激动，兴致很高地讲道：

“我已经活了大半个世纪，”他说，“我87岁了，我出生在科洛斯湖上。那里虽然离这儿不算太远，25俄里的森林路程，但是农业的情况和这里不一样。那里通常有霜冻，7年前，有一次庄稼全都冻死了。霜冻就像天上的3颗星星那样明显，冰冷的沼泽地、泉水和海潮风全都充满霜冻的气息。住在海边，实在是一件不明智的事情。在维格湖就没有这种情况，岛屿和四周的水都是温暖的，并且能保持下去。春天既然已经过去，北方的天气也暖和起来了，庄稼是等不得的。户长老爷决定迁移至此。他说：‘不管你到哪里，太阳都普照

大地。’人们卖掉了牛，买了船，岛上没有船是寸步难行的。人们来到这里，开始耕作。刚开始时，我们住在松木房里。那就是它，亲爱的松树，挺立在那里……”

老头用手指着窗外的一棵枝繁叶茂的大松树。

“嘿，我跟你说句实话，在我们这里没有劳动力简直无法生活，要砍伐树木、搬运石头、编织渔网、捕鱼、在森林里打猎、采蘑菇等。我的父母就是猎人！我本人也做过猎人！嘿，我曾经有过1匹马，那马累坏了。我曾经是个很棒的小伙子，可现在老了。我不是吹牛，现在我在50沙绳以外还能百发百中。可是，我现在却已听不清雄松鸡的叫声了……哎！这些木房子可是大家一点一点地建造起来的。大家耕田、播种，整整干了5年。那时，我就快要25岁了。我们到科依金涅茨的帕列奥斯特洛夫斯基度假。我去找扎哈尔时，看到我的那个小公爵夫人在洗鱼，一根细细的手指翘着。是的，正是她，我的公爵夫人，你不觉得她很可爱吗？反正，我是坠入爱河了。我回到家里，就对父亲说：‘爸爸，无论如何，您要亲自去为我求婚。’他问道：‘爱上谁了？’我说：‘就是那个扎哈洛娃。’我看着父亲穿上皮袄，系上腰带，出去了。我等啊等，你知道我是怎样等待的吗？你信不信，我数十次地爬上房顶，看看有没有船来。我终于看见有两个人过来了。我爸爸划船，扎哈尔坐着，把着舵。可糟糕的是：为了准备婚礼，一共需要花费17卢布。我到教堂去找阿列克赛·伊万诺夫，如此这般地向他求助。使我终生感激的是，他什么话都没有说，就把钱借给了我。就这样，我得以结婚。可是，

接下来的生活却极为窘困。我刚结婚时，就对妻子说过：‘喂，我的妻子，虽然我是个穷丈夫，可是我无论如何也不会做让爸爸和妈妈伤心的事情的。’她大哭起来：‘妈妈呀，祝福我吧！’”

老头转过身，回过神来，又继续说道：

“我的妈妈，玛丽娅·鲁基琦娜很和蔼，能说会道，曾经在达尼洛夫修道院待过。我的妻子从来都没有背弃过当时所说的话，并从来不抱怨。可是现在的年轻人，咳，我不说不好听的了。哎，有头脑并不能够代替钱包，需要挺住，我们就这样挺了下来。我们经历了很多痛苦，尝尽了各种滋味，还养育了7个孩子，他们像7个幼果一样。你到这儿来，会觉得厌烦，会感觉到一切都似乎很糟糕。我歇一会儿就接着干活。我就是这样过日子的。

“我忘记给你讲阿列克赛·伊万诺夫了。过了一年，我把钱还给了他，谢过他以后，就很长一段时间没有见到过他。有一次，在神圣的基督复活日到来之前，天气好极了，结满冰的湖面在清风微抚下，发出幽蓝色的光。我看见阿列克赛·伊万诺夫，我亲近的客人，滑着冰向我家这边过来。可是第二天，当他想要走的时候却发现走不了了，冰已经融化了。他只得留在我这儿做客啦。在大礼拜五那天，我对自己的小公爵夫人说：‘你打算用什么来招待客人？我本想要猎杀一只雄松鸡，可是又怕大礼拜五罪过。’她回答道：‘没什么，去吧，碰碰运气。’我们在一起总是心有灵犀一点通！我祈祷了一下，便往森林里去了。可是，森林里的雪正在融化，露出

冰下的地面。并不是所有的冰都在融化，有的地方依旧是雪堆。雪堆冻得很紧，光滑得就像白纸一样。我看见有的地方甚至形成了大雪堆。我打算攀越过去，突然，似乎有人拉住了我的腰带，我动弹不得，最终我还是过去了，走在化开的地面上，就像走在沼泽地上一样。

“我听见，雄松鸡在叫春。可是，黎明已经到来了，朝霞染红了大地。针叶林就像铺上了煤炭。远处的雄松鸡背对朝霞，看上去就像一只又大又黑的板筒。我踏着枯枝老藤、倒地的树木和连根拔起的树木，蹑手蹑脚地走到雄松鸡跟前，以免枯枝挂住我，而雄松鸡蹲在那里，一动不动，只是叫着春。接着它不声不响了，我站着，也纹丝不动。它一开始叫，我就接着蹑手蹑脚地走过去……一只雄松鸡刚住声，不远的另一只又接上叫了起来……”

“我们就像生活在古时候一样，”老人结束他的话，“你喜欢这个故事吗？”

老人越是沉浸在过去的时代里，就越是对过去时代感到亲切：父辈、祖父辈、达尼洛夫的苦行者、索罗维茨的受难者、神圣的长老，尤其是在最灰暗的过去世纪里生活着的斯拉夫强有力的勇士。

“这些勇士是什么样的呢？”我问道。

“你听着，我给你唱一首那时候有关他们故事的歌。”老人回答我。

他把钩子穿进梁上的套子，唱了起来：

在一个名叫基辅的城市里，

有一位名叫弗拉基米尔的和蔼的大公……

很难讲述我第一次在这种情形下听到壮士歌时的心情，以及我在当时所联想到的事情：在某个岛屿的岸上，与一棵松树相对，在这棵松树下，这位老人开始了自己的生活。一时间，你就像进入了一个神话世界，在广阔无垠的平原上，勇士们在平静安详地奔跑着……

理智的人夸耀金币，

疯狂的人夸耀年轻的娇妻。

老头停顿了片刻。在这位一家之主的话里，可以领略到一种特别的意思。

“你听说过疯狂的人夸耀自己年轻的妻子吗?”

然后，他接着唱道：

有一个年轻人，他既不吃，也不喝，

白色的天鹅，他也不在意……

老人唱了很久，也没有唱完他的壮士歌。

“后来，伊里亚·木拉莫茨怎么啦?”一个孩子，未来的说唱人接过话题问道，他一直在仔细地听着老人讲故事。

“后来，伊里亚·木拉莫茨变成了石头，因为他夸口穿越

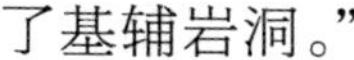

了基辅岩洞。”

“而多贝雷尼亚·尼基季奇呢？”

“他从基辅山的石头上滑了下来，被钳子挂住，很快就死了。”

“什么样的钳子？”

“你难道还不知道在勇士那里会有什么样的钳子吗？那时的一种钢钳。”

他用这种语调解释钢钳，使我不由得问道：

“难道真有这样的勇士？”

老人很惊讶，激烈地反驳道：

“我说唱的这些故事中的每一句话都是真实的。”

接着，他想了一下，又说道：

“你知道吗？其中一些勇士可能现在还活着，只不过没有出现在我们面前罢了。现在生活不一样了，难道那时的勇士现在还会出现在我们面前吗？”

就在这时我才明白，为什么在中学里显得极为枯燥的诗歌，在这里能够如此吸引我的注意力，因为老人家相信，他唱的都是真的。

猎　人

在一条条神秘的小路上，许多人从未见过的野兽在出没……

——普希金

曾经有一段时间，野兽是人类最可怕的敌人。这一点我们大家都很清楚。但是现在一般都认为那个时代已经过去了，然而在我们俄罗斯的一些地方至今仍然可以看见人与动物搏斗的场面，你只需要花两三天的时间就可以到达这些地方。在北方，人们一旦见到熊和狼就会毫不犹豫地举起枪，因为它们会祸害牛和马，而庄稼人没有牛和马就无法干活。人们为此付出了很大的精力。一些地方管理局的库房里出售的不是镰刀或者犁耙，而是猎枪和火药。猎人每打死一只狼和熊，地方管理局就发给他奖金，而猎人则需要将猎物的尾巴和耳朵割下来交到地方会议上进行识别。

这样看来，我们那些打猎的朋友们完全可以到这儿帮助他们消灭这些野兽，但是，猎人们却不愿意走那么远的路，只是在就近的地方从事一些不同花样的打猎活动。也许，这样才算真正的猎人吧。

在沿着奥涅加湖到勃维察去的路上，跟我们结伴而行的是一位老上校。有关猎人的故事他知道很多。在船上，我注意到他一直在忙着拍照，而当他知道我是一个摄影师的时候，马上和我亲近起来。跟这位上校同行的还有一位秘书，他给我讲起了老上校的一些嗜好：

“瞧，你算是跟老上校交上朋友了！你知道吗？上校一年光花在拍照上的费用就达 500 卢布哩，他什么都拍，无论是歪着拍，还是斜着拍，只要是能拍下来的，他就一定要拍。但是，这样做是毫无益处的，因为不是所有的东西都能够显现出影像来，但是有一件事情你会觉得奇怪，就是他的这种嗜好都是因为……熊的缘故。上校特别喜欢打熊，在他的一生中，由他亲手打死的熊就有 43 头，有一次他还打死了 1 头小熊崽。你注意到了吗？他的表坠上挂的就是那头小熊崽的一颗牙齿。

“现在在彼得堡周围打熊的花费可大了，租一间房屋也要 10 卢布，算上付给猎人的报酬和车费，每打 1 只熊就得花费 500～600 卢布。终于，由于资金有限，上校不得不放弃了这一嗜好。就在这时，他开始迷上了拍照。有时候，我觉得，上校每一次按动一下照相机的快门，就会体验一次扣动猎枪扳机的那种快感。这几天，上校有了一个新发明，你注意到

了没有，他把他的照相机当做猎熊的武器了。你知道他为什么这样做吗？你别以为我是瞎编的，上校可真是希望当他准备开枪时，一个庄稼汉拿着准备好的长矛和照相机站在他的身边，一旦熊抬起两只前爪，庄稼汉就使劲拉住细绳，将熊勒住——这只不过是上校的想象而已。现在我们到北方去看看那里的猎枪行情，但我坚信，此刻的上校正在盘算着找一个便宜些的地方住下来哩……”

而上校本人关于他自己是这样对我说的：

“你知道我最怕的是什么吗？是报纸。我不怕子弹，也不怕熊，但是我得承认，我害怕报纸。它能够渗透进你的节假日和日常生活中来，渗透到你的家庭中来，破坏你平和、愉快的心情。而我会有整整两个月的时间读不到报纸，这对于我来说，实在是太幸福了！为了看不到报纸，我要逃到北方去……我几乎从童年起就特别酷爱熊，现在我老了，但是这种欲望仍然像年轻时一样存在，甚至更强烈。你瞧……”

在上校的表链上挂着一颗很大的动物牙齿，这颗牙齿的四周已经有些腐烂了。

“你看，连它们的牙齿都快要烂了……但你知道，为什么随着时间的推移，我对熊的感情越来越强烈了呢？我的老兄，因为这是一场精神的决斗。情况常常是这样的：只要你端着步枪在树后站定，熊就会从它的洞里奔出来，卷起一团团雪块，漫天飞舞。这时候，你的那种猎人欲望会一下子升腾起来！在你面前，展现出一幅可怕的场景：熊张着血盆大口，露出舌头和锋利的牙齿，两只前爪向上立起，似乎一眨眼的

工夫，就会将你抓住吃掉……在它面前，你显得那么渺小，但无论是我还是你，都会与它展开较量……多么凶残的野兽，多么可怕的野兽……但它又是光明正大的！在它身上，没有一丝一毫阴险狡诈的气质！而它又是那么神经质！哪怕有一丁点儿声音，它也会全身紧张，奔跑起来，它从来不会无缘无故地冒犯你。但是如果你一定要去妨碍它，它无论如何都会直截了当地、毫不掩饰地行动的。”

* * *

我来到了一个地方，我发现，这里的人们并不是出于强烈的情感，而是出于需要才去猎熊的。这时，上校的那番有关熊的谈话便生动地浮现在我眼前。在这里，熊的可怕之处在于它是“危害性野兽”，而就它本身对人的态度上是完全没有恶意的。这里的人们经常是手提一根冰镩出来找熊。如果在森林里正好与熊撞上，他们便对它说些什么甚至还骂上几句。在维格湖边，像米哈依尔·伊万诺维奇这样的人很多。但是跟这里的野兽一样，他们真正的居住地都在湖的东岸，在那里，被砍伐的森林一直延伸到阿尔汉格尔省的原始森林里。这里有熊、驼鹿等各种野兽——这些动物定居在这里，不断地繁衍着后代。这里的熊也经常袭击湖边的各类动物。住在维格湖边的居民时常猎捕附近的野兽，但他们仍然算做渔民，因为他们主要还是靠捕鱼为生，而居住在森林里的人，则可以算做猎户，亦即猎人。这些猎户住在湖边的林子里，组成一个小村子，在那里有一条隐约可见的小道与外界相接，冬天可以滑雪，驾上鹿拉的小雪橇作为交通工具，装运货物

行李。夏天，常常可以见到身背5普特(俄国计量单位，1普特约合16.4千克)重的面袋、沿着长满青苔的水洼地走上几十俄里的人。离维格湖最近的类似小村子，还有布拉湖村和希热湖村。我就决定要到这几个村子住上一阵子，以了解真正的猎户生活。值得注意的是，在这些需要步行走上30俄里的偏僻村庄里竟然还有五六所教读书识字的小学校。学校里的老师每月挣10卢布薪水，他们一边教课，一边打猎和捕鱼。我曾经亲眼目睹一位教师在维格湖边的教堂里举行婚礼的场面，亲眼目睹了新娘穿着高筒皮鞋，踏着青苔和泥水，步行走进“夫家的大门”。

有一个名叫菲力普的打猎能手自告奋勇地要送我去希热湖。我发觉可以把这里的猎人分成两种人：一种是主要猎捕小动物的猎人，一种是专打“猛兽”的猎人。前一种人喜欢逗趣、讲故事，完全是轻率而又敏感的人；后一种人则是上了年纪、有威望、性格忧郁沉默的人。陪送我的那个菲力普在日常的生活中，也许就是这种不爱讲话且比较忧郁的老人。但是，每一位老人在他年轻的时候都有一种为现在的年轻人所不知道的生活琴弦。只要你能够拨响它，他就会活跃起来，像一位艺术家一样把他的往年岁月娓娓道来，在故事的末尾，他还会向你表示深深的感谢，感谢由于你的出现而又重新燃起他那已渐渐熄灭的心灵之火。

“哎，过去常常是这样的!”当我们一大早背着口袋和猎枪进山的时候，菲力普给我讲述起他自己的生活故事来，而我由于对路途不熟悉，走得分外艰难。一开始，远处好像有一条看起来很好走的小路，但当我们走出森林来到近前时，

小路却又不见了，面前只是一片被踩过的森林空地而已。尽管小路好像不见了，但是菲力普却根本连脚下的路也不看，一直朝前走着。他用来辨识方向的是很精确的指南针——树木，朝北的树枝都长得不好，仅凭这一点他就会准确地判断出南北方向来。这位有经验的猎人一路上观察着树枝，一直把我带出森林，来到这片空地上。看，眼前是什么？这么明亮、开阔，就好像是儿时熟悉的黑麦田，北方森林中沉重、忧郁的气氛转瞬间不见了，人们的心中不由得产生了一种自由、轻松、温暖的感情。但是这种感情是那么快地消逝了，显得那样地不真实。猎人带我来到的这片空地，原来根本不是什么黑麦田，这里更加荒凉，更加泥泞，几乎无法行走，这是一片长满苔藓的沼泽地。沼泽地上清晰可见被踩出来的脚印。甚至在一些特别泥泞的地方还铺上了一层树干以方便通行。我们时而踩着这些树干摇摇晃晃，时而蹲下来用脚试探着软绵绵的苔藓，最终艰难地走出了这段沼泽地，进入林子里。这种长满苔藓的沼泽地，有的1俄里长，有的2俄里长，是森林中最难走的路。从一块沼泽地到另一块沼泽地，猎人能够计算出行走的旅程。要是走了很远还见不到沼泽地的话，那就只有凭树干的影子来确定时间了。当你身处林中空地的时候，没有参照物，只能够用自己胳膊的影子来参照，并且还能够一下就测出时间来：5点、6点等。用同样的方法还能测出日出后过了多少时间，离日落还有多少时间。

“哎，过去常常是这样的。”菲力普对我说道，“年轻时我在林子里走过多少这样的路啊！由于长时间坐在雪橇上滑行，

至今我还腿疼。”

* * *

当菲力普还是个孩子的时候，就常常随着父亲到森林里去。一开始，他挖陷阱，设套索，捕捉迷路的野兽。尽管他父亲是属于那种年长有威望、性格独立的人，喜欢去林子里猎捕“猛兽”，但他也和世上许多人一样，并不总是能做自己所喜欢的事情。打猎对于猎人来讲，并不是轻松愉快的消遣，而是他们赖以生存的本领。

秋天，父亲经常是一大清早，或者是半夜里就带上小儿子进了林子，随身只带刀、斧子和火镰，从不带任何可吃的东西。这样，他们在家里时就必然要吃“双份”的饭，也就是说要吃比平时多 1 倍的食物。这样做的目的无非是在林子里找到野物之前不吃东西。在林子里检查套索的时候，猎人一般都不吃任何东西。

起初，猎人们沿着一条被人踩出来的小路走着，但是，走了大约 2 俄里，看到一棵做了记号的歪斜的松树，他们就扭转方向走。走了大约 20 俄丈，他们又见到一棵做了记号的树，旁边有一条明显的小路，这儿有一个陷阱。除了猎人以外，谁也不敢去碰这个陷阱，否则可就要倒大霉了。人们在这个陷阱里埋放了许多套索，这些套索都是从已故的父母亲那里得到的，属于他们的家产，他们将一代一代地把这些遗产传下去。

跨过这个陷阱，猎人们很快就走到了那棵熟悉的树旁，在树根边有一块打扫干净的地方，这是一个能够摆放一个盘

子大小的地方。上面撒满了黄色的沙子，周围全都是绿色的苔藓，因此这块地方显得与众不同。对于黑琴鸡、雄松鸡来说，这可是一个好地方，在这儿它们可以放松地休息一会儿，翻翻筋斗，晒晒太阳，特别是当阳光投进树林里的时候。“鸟儿们在这块温暖干爽的地方神气活现的样子好看极了。”菲力普指着这块地方对我说。鸟儿在这里休息了一会儿后，大概想向附近挪挪地方了，可是它旁边却摆放了一个弧形的套索，周围堆满了精心设置的用树干制作的障碍物。鸟儿无论往左还是往右，都寸步难行。于是，它就只好向套索方向走去，结果被套住了。尽管落入了套索，对鸟儿来说，还有一线逃脱的希望，那就是如果它累了，不再挣扎的时候，套索会自动地松开绳扣，鸟儿就可以借机逃走了。还有一些套索，鸟儿无论如何也逃脱不出去，这种套索是细长的，样子很像手提的弹簧秤，轻的一端插在地里，像许多陷阱的结构一样，最下面设置着机关，套扣系在末端。套索重的一头在上面飘来飘去，如果鸟儿在上面碰到了小钩子，那么重的一端随时都会轰然倒下。当套索倒下来时，鸟儿惊慌逃窜，飞起来的时候恰巧被套在套扣上。另外，还有一种捕捉器，会弹出石子猛击鸟儿的头部。

就这样，我们的猎人朋友可以走近那块沙地，取下早已挂在那里的鸟儿，将套索弄直，找一些针叶和树枝，在鸟儿必经的地方铺开来，最后，他们不会忘记在套索附近的一根细木棒上挂上一块小木板和一只小箭来吓唬大乌鸦，这样乌鸦就不敢来啄食套索上的鸟儿了。这个套索旁边的事情干完

后，猎人们又朝着下一个目标走去。他们用同样的方法搜寻到更多的野味，以至于双手都提不动了。于是，他们就选择一棵合适的松树，把野味挂在上面，然后继续往前走。天色渐渐暗了下来，要看清林子里的套索，辨清方向已经很难了。小男孩向四处望了一望，感到害怕了，有一些巨大的、可疑的、毛茸茸的东西从树林间探出头来，就好像许多只熊从四面八方扑过来一样，并且伸出两只前爪，太可怕了！但这只是暮色中的小男孩的幻觉而已。他的父亲——这位有经验的猎人明白，熊是不会无缘无故地伸出前爪的。这不是熊，而是被风吹倒的树根，它们倒在地上后，蒙上了一层厚厚的土，现在已经长满了苔藓、蘑菇和地衣。虽然这不是熊，但是连老猎人也会凑到跟前去观察一下：这里有没有什么奥妙？米哈依尔·伊万诺维奇从套子的另一边过来了，他也在捕捉野禽。

猎人从另一边过来，这时他看到熊了。决不能后退，因为熊要是知道猎户懦弱，立即就会扑上来，并咬死他。熊就是这样来判断人的：你要想跑，就是害怕了。

“你这个该死的脏东西，现在我可不想见到你。”猎人想。

“你当然不想见到我，”熊想，“而我只要一转身，你就会来抓住我的。”

就这样，他们互相对峙着，猎人站在松树旁，熊则把两个前爪伸出来，虎视眈眈地盯着他。猎人拿出斧头疯狂地敲打着松树，大喊：“哼，我的仇敌，看你这肮脏的嘴脸，走开！”而熊则伸出前爪，伸出舌头，唾液从嘴里流了出来，它

用一只爪子捞起唾液，向猎人扔过去。猎人和熊久久地对峙着，谁也不愿意给对方让路，猎人把松树砸成两半，熊终于向猎人屈服了，它跑了。猎人们重新向前走。天完全黑了下来，林中的雕鸮尖叫起来。不知是谁的猎狗吠了起来，树林在“哗哗”作响，森林里的各种力量都活跃起来。猎户们已经停止收集野禽了，他们现在只想赶紧回到自己的林间住处——环形木屋里去，后来他们终于回到了那里。他们的木屋就像是童话里说的那样。确实，这不像老巫婆的房子，它不会向四面八方旋转，但是在其他方面，它一点也不逊于亚金尼希娜的房子。里面没有烟囱，烟直接从门口出去，正因为如此，门看上去就像是一个黑洞。在进门的地方，从春天起就放着烧制的石头瓦罐，人们开始用猎枪在森林里捕猎雄松鸡，带回来煮熟了吃。猎户们做完一切后，在木屋里点火取暖，烧暖后，他们就躺下睡觉。这时森林里各种可怕的声音依旧呼啸着、喧闹着。突然，猎狗清晰的吠声传过来。

“老兄，你听见了吗?”

“听见了，听见了，别动。让它更近一点。”

狗吠声越来越近了。石头上的瓦罐弹了起来……门板“吱吱”响……什么东西从房顶上滑落下来了。

老猎人立即从木屋内跳出来，大骂起来。一切就要开始了……

森林里有人跑着，大叫大嚷着，拍着手，哈哈大笑着……

接下来，男孩子还听见似乎有人在拉小提琴。有人走近

家园的故事丛书

木屋，然后又向森林走去，但是父亲什么也没有听见，他已经睡着了。

早晨，猎人们按原路返回家中，把挂在树枝上的野禽带回去，卖给有钱人。倒过几次手后，野禽的价格翻了两三倍，最后卖到彼得堡去了，在舒适、温暖、明亮的大屋子里，被人们送进肚子里。

* * *

按照猎人们的看法，尽管用夹子套住的野禽比射死的野禽好，因为它们没有受伤，易于长期保存，但有钱人讨厌这种套住的野禽，他们更喜欢猎枪打死的野禽。此外，政府近来限制用套索捕猎，因为这使很多野禽被可惜地弄死了。猎人们沿着所设的套索处走了一段时间，决定来年秋天不再用套索捕猎。现在虽然还在用套索捕猎，但是由于上述种种原因，套索捕猎已呈逐年下降的趋势，只在阿尔汉格尔省的茂密森林里，还能够看到真正的原始套索捕猎情况。用猎枪和猎狗捕猎仍然很兴盛，甚至由于地方管理部门廉价出售猎枪而使这一捕猎方式更加普及了。

然而在我到过的地方，霰弹枪却很少见，大部分都是单发枪，甚至是火枪。

“哎，这种情况很常见，”菲力普急切地向我讲述打猎方面的故事，“……我和父亲常常带上猎枪和猎狗出去打猎，还要随身背上鱼饼等食品，因为一旦进了森林，就要很久才能回来。在出发捕猎之前，孩子要清洗背筐，父亲则要擦洗猎枪。在这一切准备工作做好之后，剩下的就是叫上猎狗，一

起到森林里去。良种卡雷利阿狗对于猎人来说无异于牧民的牛。无论给多少钱，猎人都不会轻易卖掉自己的良种狗。这样的好猎狗能够对付森林里遇到的任何野物：野禽、松鼠、熊和其他各类野兽。这样的狗是什么地方都买不到的，它只能从幼崽中挑选出来后由主人驯养而成。”

猎人从家里出门一般都很早，这时露水还没有消退，太阳还没有升起，被狗赶走的鸟儿落在树上，不过鸟儿是不会待在白蜡树上的。猎人们进了森林，刚才还在猎人身边的猎狗，转眼就连影子也不见了。猎人们并不着急，他们有自己的事情，狗也一样，各忙各的。如果很久都不见野禽的话，猎狗就会跑过来通知主人，把自己的两只耳朵像两只角一样翘得高高的跑过来，尖叫着，在地下伏一会儿。如果主人坐下休息，它就又“拜拜”了。终于，猎人仔细地听了听，自言自语说：“狗在叫着报信呢。这是告诉我有野禽。”他想象着，便顺着那个方向走去，“狗很少对着松鼠吠叫的。”

“咕咕，咕咕，咕咕……”传来一阵惊慌的鸡叫声。

叫声是从树丛里传来的，从森林里传开来的。如果没有狗的吠声，就很难确定叫声的具体方位，而按照猎狗的吠声，猎人们就能够很快地判断出鸟儿到底是歇在哪一棵树上。这就出现了对猎人来说极为熟悉的情景：树顶上一只好大的“栝坡拉”——雌松鸡正低着头，看着下面对着它叫的狗。狗把猎人的注意力引向鸟儿。鸟儿不停地叫着，通知其他松鸡不要四散飞走，要静静地待在原处，等待灾难过去。这种紧张的状态没有持续多久。猎人急急忙忙地搭好枪架，在上面

架上猎枪，以便更准确地射击。在这种情况下，他的那枝小单发枪必须射击得很准确。春天，当雄松鸡亮开歌喉，露出头来的时候，是很容易打空的。鸟儿反正是听不见射击声的，所以不会飞走的。但是现在受惊的雌松鸡就要飞走了，带着自己的幼鸟一起飞走了。猎人瞄准了几分钟之久，准确地开了一枪。当雌松鸡被打死后，他应该“把幼鸟集合起来”。这已经是机械性的工作了，只需要细心地观察一下树上就可以了。眼前就有一只幼小的糊涂的雄松鸡，低着头，好像预料到了危险的到来，集中注意力地倾听着，注视着猎人。即使猎人打空了，鸟儿也不飞走，只是可笑地缩起脖子。这样一来，猎人就可能把所有的幼鸟都全部打死，然后向下一个目标前进。

打松鼠的猎事还为时过早。因为，这时候它的毛皮还一文不值，晚一点会更合适一些。打松鼠的难度很大。首先必须找到它。为了找到它有时不知要花费多少时间，最后还是多亏有狗通风报信。狗一见松鼠就像疯了一样狂吠，企图跳到树上去。但是，它所能够做到的就只有站立起来，用前爪抓住树干。猎人悄悄地走过来，松鼠无处可逃，因为狗正盯着它哩。猎人来到树跟前，对着树看着，绕树一周，但是他却看不到松鼠。虽然他知道松鼠一定躲在树上，但是究竟在哪里，他却看不见。他试着用斧头敲树干，以便把松鼠赶出来，可松鼠就是不出来，最后除了砍树之外已别无他法。他从腰上抽出斧头，灵活地砍着这棵 7～8 俄尺高的树。他心中有一笔简单明了的账：松鼠值 20 戈比，而树却一文不值，只

要砍 15 分钟就行了。树倒下了，松鼠跳到另一棵树上，又不见了，大概是在一个树孔里。第二棵树又倒下了。通常要砍倒十来棵树，才能把松鼠捉到。用我们的眼光来看，这种行径是多么野蛮啊！

松鼠被杀死了，这意味着戈比到了囊中，可以坐下来歇歇了。然后，狗伏在主人身边，看着主人怎样用瑞士刀熟练地剥开松鼠的毛皮。狗会得到一块肉，或者至少可以是一些主人没有来得及剥掉皮毛的松鼠爪子。

这样，一天渐渐地过去了，猎人们带着十来只松鼠回到森林木屋里，吃完饭，睡觉过夜，明天再到森林里寻找松鼠及其幼崽。

老猎人菲力普又矮又壮，倒挂的眉毛已经灰白。他完全不把这一切当做捕猎，他认为带着狗在森林里寻找松鼠和野禽，意味着“干森林活”。春季时猎人们喜爱在下诱饵的地方狩猎松鸡，这对他来说也不能算捕猎。他说：“要知道，打猎是随心所欲的，是按照自己意愿来做的事情。”真正的打猎只能是捕猎野兽。没有特别的爱心，没有特别的才能，是不能从事这一活动的。对于现在的许多人来说，打猎已变得越来越难以成功了。

“他们以为，”菲力普说，“森林里的野兽越来越少，可是别信他们，野兽到处都是，只要去找就能够找到。你看，我来给你找鸵鹿、鹿和熊。唉，我当年走啊走，踩着雪橇到处走，所以至今腿还疼！唉，这种情况常常有！在森林里四处游荡，胡说八道一番，你就会喜欢开玩笑了。”

确实，当他们父子俩打猎的时候，他常常说些玩笑话。

冬天，父子俩常常去打驼鹿和鹿，夏天很难找到这些猎物，它们藏在一些难以穿越和到达的密林深处的溪流旁边。偶尔能发现鹿把犄角向后竖起跑过去，或者母鹿冲到森林空地里践踏草地。你只要把手微微一抬拿起枪来，鹿就立即伸长嘴，竖起在阳光照耀下红得像血一样的耳朵。如果你再动一下别丹式步枪的扳机，拨一下树枝，鹿就会撒开四蹄飞快跑掉。夏天，极少见到驼鹿，即使见到也是偶然的，出乎意料的。人们有时在林中乘船沿河航行，突然，从岸边树丛里露出一个长着巨大鹿角的动物，可是转眼就不见了，只有森林在呼啸着。

对，捕猎野兽只能在冬天，在斋戒前后，那是出现“宽鼻白鲑”的时候，雪面结上了冰层，太阳也比平时照耀得起劲。

父子俩乘着雪橇沿着雪面冰层外出捕猎，寻找着野兽的踪迹。在森林里有各种痕迹：一些很小的兽类，如白鼬、艾鼬、银鼬留下的像项链一样的一串串印迹，也有巨大的“穿着暖和的靴子”的米哈依尔·伊万诺维奇的足迹，他一定是受到惊扰才逃出温暖的蜗居点的。但是，所有这一切都不能引起猎人们的兴趣。突然，他们看见森林里的白雪中有一块黑色空地。这意味着这里曾经有过一大群鹿，它们的四蹄踏碎了雪面，蹭掉了一层白色的苔鲜般的覆盖物。在这个树木众多的地方，木材的外衣，亦即地衣已经垂了下来，它是被驼鹿蹭去的。显然这是驼鹿的足迹，猎人们极乐意追赶驼鹿。

这才意味着真正的捕猎。他们迟早会赶上驼鹿，因为他们的雪橇不会翻在雪里，而驼鹿的蹄子却容易在坚硬、冻结的雪面上滑倒，并被划伤。猎人们乘雪橇不停地追赶，在一些地方滑行，又在另一些地方爬上山坡。这时，天黑了下来。

在冰天雪地的日子里，猎人们不必像在秋天里那样一定要在森林里过夜。通常，猎人们在窝棚里过夜。他们砍倒两棵树，把一棵树放在另一棵树上面，在两棵树之间尽量多放上一些枯枝、树干和蘑菇。树干点着了，燃烧使得两棵树越来越靠近，并自动燃烧殆尽。这样的篝火燃烧的时间特别长。猎人们在雪堆上铺上厚厚的一层针叶，躺在上面，并在雪堆上方搭起一个松树遮阳棚。菲力普告诉我："就这样在温暖的窝棚里躺着，早晨甚至都不愿起床。"

早晨起床后，他们又接着去寻找野兽的踪迹。有时候，一些猎人偶然在一处相遇，他们就跑到一起，共同分享被打死的野兽。有时猎人们一下子打到很多驼鹿和鹿，以至于腌肉的盐都不够用。这时候，人们就用一磅一磅的肉换取盐。

* * *

除了驼鹿和鹿以外，猎人们还打狼獾、艾鼬、水獭和白鼬，当然还有熊。熊对他们来说具有特别的意义，因为一方面，熊正符合猎人们所说的野兽；另一方面，它又好像不是野兽……不是纯粹意义上的野兽……菲力普在对我谈起熊的时候，竭力想使我相信，他永远都不会去碰熊的。

"那是为什么呢？"我问道。

"有关熊的事情大家都知道。虽然这种事较为少见，但还

是有过这种事情：熊背过猎人。”

“可是，怎么知道熊背的是猎人，而不是背的‘熊的未婚妻’呢?”

“因为大家都知道……熊不是纯野兽类动物……”

菲力普告诉我：“熊未必永远都不碰人，但如果人们伤害了它或者触怒了它，它也会立即撕开温顺的面纱。当熊带着那些小熊崽时，与熊接触尤其危险。熊崽们跑到猎人们跟前，就像狗一样与人亲热起来，可雌熊却很不放心，它可能会上前撕烂猎人的。”菲力普多次碰到这样的情况，不过他都化险为夷了。

“有一次，”他说道，“我沿着山洪地段打猎，情况还不错。我蹲在地上，安放好套索，听见地上有震动的声音。我看了一下，有两只熊在前面，后面跟着一只幼熊，在它们的后面还有一只雌熊立起身来，前爪摇晃着。我立即感到不安起来，我马上站起身，喊道：‘灰灰，灰灰！’可是这儿哪儿有灰灰，它已经去了下套索的地方。这些熊摇摇晃晃，雌熊站着站着，突然向左边‘呼啦’一下，跟着那些熊跑了。”

菲力普向我讲述的这件事情，是他打猎生涯中的一件典型事件。它使我联想到在奥涅加湖上与上校的一次谈话。我还记得他怎样对我谈起他的感觉：他带着一杆火枪，在他后面还有一个拿着长矛的男人，这人因为没有火枪和狗，所以在这里面对的几乎就是真正的死亡。

百感交集之中，菲力普只能说出一点：“我感觉不太对劲。”我告诉菲力普：“在彼得堡一头熊值50卢布，因此打熊的猎人很多。”“最好把他们叫到我们这儿来!”老猎人叫喊道，并对我说起他如何在熊窝里杀死熊的过程。

“这大约发生在主显节前后。一个农夫雇用了一个哥萨克来运送原木。这个哥萨克来到岛上砍伐树木，砍着砍着，竟然掉到熊窝里去了。这个年轻的汉子很机灵，他抓住树干，纵身一跃，把自己拯救了出来，然后，他来到我们这里，把事情告诉了我们。我们一致同意立即前往。伊万带着车辕，米隆带着冰镩，而我则带上了火枪。我们找熊窝找了很久——按照别人的指点是很难找到某个地方的。我们终于从侧面看出雪地上有一个隆起的地方。‘孩子们，站住！熊窝找到了!’我说，‘伊万，你到哥萨克陷下去的熊窝里去，并要时刻当心，拿好车辕。你呢，米隆，拿着冰镩站在我的后面，而我先用火枪射击。’我们用树木把熊窝的出口围住，使熊不能立即逃脱。伊万用他的冰镩从里往外赶熊。第一次，伊万把冰镩伸进去，没有动静；第二次，依旧没有动静；第三次，里面开始有点晃动，接着露出了一个脑袋，砰！火枪没有打着。米隆手里拿着冰镩，像是被钉在了那里一样。我靠上前去，狗扑向熊。熊从狗的正面扑过来，但是它什么也没有抓住。我从米隆那里一把抓过冰镩，对着熊的嘴掷过去，伊万把车辕砸过去，用斧子劈熊的鼻梁。我们终于把熊打死了。我们听见，熊窝里似乎还有熊在悄悄地拱动。我们捅里面，里面拱得更起劲了。我们从熊窝里拖出一只小熊来，一看，它就像一只猫。”

“这么说来，冬天熊也可以怀孕产仔?”我问道。

“熊什么时候都可以。”菲力普满有把握地回答我。

菲力普还对我讲了很多关于熊的事情。他说到他曾偶尔看见两只熊在发情期进行殊死搏斗的情景，其中一只把另一只咬死了，还掏了一个坑，把死熊埋了进去。他还说到，熊如何踩着已有的足迹在森林里行走，以便不被发现，它就这样在庄稼地里偷吃尚未收割的庄稼。他还以平静的语调谈到他本人与熊发生的直接冲突。开始，他只要一讲到熊是兽类的杀手，就会立即神经质起来。有一次，当着菲力普的面，熊咬死了牲口，接着又当着伊万和米隆的面咬死了牲口。他们把“上膛的火枪”架在山谷里，也就是说，枪已经装好火药，并架好了，只要熊一出现在山谷里，就立即开枪射击。“我们放好枪以后，就立即许诺把熊皮奉献给教堂。夜里，三杆枪砰砰响了，可是并没出现熊。我们想，它大概是被乌鸦缠住了。过了两年，牧人在离那里不远的地方，发现了一只熊的脑袋，但是熊皮已经腐烂了。

杀死熊的常用办法，就是在“给熊吃的牲口”旁边设下铁套嘴和木捕捉器。铁套嘴是带有尖利咬齿的两个铁制圆拱，就像一张张开的大嘴；木捕捉器则是一块安装在两三棵松树间的木板。猎人坐在附近的木捕捉器上，手里拿着火枪守候着熊。人当然要坐在树上面，这倒不是因为害怕，而是因为不想让跟人格格不入的熊闻出人的气味来。按照菲力普的观点，熊不仅能够灵敏地感觉到人的到来，而且还能够看出人的足迹。为了遮掩足迹，就必须两个人一同到安装捕捉器的地方来。其中一个人躲到树上，而另一个人返回去，并故意

把声音弄得很响，使熊觉得人已经回家了。留下来的一个猎人连一点儿细微的声音都不敢发出，他静静地坐着，仔细地看着，因为据说熊出现的时候，它的动静极其轻微，以至于猎人根本听不到任何声息，连树枝都纹丝不动。熊还在离捕捉器很远的地方就能够感觉到猎人的存在，因此猎人必须仔细观察熊的动静，尽可能早些感觉到熊的到来。猎人常常要守候好几个夜晚，才能够看见熊如何抬起脑袋，环顾四处，匍匐着向前走来的。猎人等它走到跟前，才开枪射击。

后 记

《在鸟儿不受惊扰的地方》是米·普里什文的一部中篇抒情散文作品。米·普里什文被称作俄罗斯“大自然的歌手”。除了对俄罗斯大自然的热情赞美，贯穿于他的作品的一根不变的主线就是对珍爱自然的淳朴民风的高度评价，和对一些滥砍滥伐、滥杀动物的恶劣行径的愤怒斥责。在这部作品里，他一如既往地抒发了自己对于自然环境的热爱，同时还以一些正、反面事实来说明珍视自然山水和动植物的重要性。事实上，保护自然，保护人类居住的环境，就是保护我们人类自己。在米·普里什文的作品中，我们不仅能够感受到大自然给予我们的美的熏陶，还能够从中学到许多认识自然和保护自然的知识。对任何一个国度的人来说，米·普里什文渗透着美好愿望和善良情感的散文都是值得赞赏和回味的。但是，我们不得不遗憾地指出，作者在这部作品里的个别地方还于不经意间流露出有悖于其作品完美性特点的另一种音符，那就是对俄罗斯本国的过度的自豪感，以及对弱小国家的居高临下的歧视态度，比如在“森林、水和石头”一节的结束部分，作者对芬兰人的性格评述就不无偏颇之处。在此我们予以特别提出，希望读者甄别对待。

译者

2001 年 6 月